東坡禪喜集·蘇長公小品·空同詩選

遼寧省圖書館藏陶湘舊藏閔凌刻本集成

遼寧省圖書館 編

1

中華書局

圖書在版編目 (CIP) 數據

東坡禪喜集・蘇長公小品・空同詩選：全 2 册 / 遼寧省圖書館編 . — 北京：中華書局，2017.1
（遼寧省圖書館藏陶湘舊藏閔凌刻本集成）
ISBN 978-7-101-12051-6

Ⅰ. 東… Ⅱ. 遼… Ⅲ. ①古典散文－散文集－中國－北宋②古典詩歌－詩集－中國－明代 Ⅳ. ① I264.41 ② I222.48

中國版本圖書館 CIP 數據核字 (2016) 第 195415 號

ISBN 978-7-101-12051-6

9 787101 120516 >

責任編輯：張　進
技術編輯：靳艷君

中華書局　古逸英華

遼寧省圖書館藏陶湘舊藏閔凌刻本集成

東坡禪喜集・蘇長公小品・空同詩選

（全二册）

遼寧省圖書館 編

*

中 華 書 局 出 版 發 行
（北京市豐臺區太平橋西里 38 號　100073）
http://www.zhbc.com.cn
E-mail：zhbc@zhbc.com.cn
三河弘翰印務有限公司印刷

*

889×1194 毫米 1/16・$53\frac{3}{4}$印張
2017 年 1 月北京第 1 版　2017 年 1 月第 1 次印刷
定價：1600.00 元

ISBN 978-7-101-12051-6

第一册目録

東坡禪喜集十四卷

蘇長公小品四卷（卷一）

東坡禪喜集十四卷

（宋）蘇軾　撰
（明）馮夢禎　批點
（明）凌濛初　輯

明天啓元年（一六二一）
凌濛初刻套印本

原書高二十九點五釐米，寬十八點七釐米；
板框高二十點五釐米，寬十四點六釐米。

題東坡禪喜集

坡老平生喜談般若得此
中三昧故信口拈成無非勝
妙叅寥點謂老坡牙頰間
别有一副爐鞴觀其平日煅
鍊佛祖縱横自在目世音

攝手以翰墨作佛事而他
日收謂世姬以來結習口業
未空言得文字性其自道
若此然此一以業須此之自
判他人豈易承當
希維居士陸樹聲題

東坡禪喜集序

唐宋而後天下無才子聰明辯才之士往往竄為高僧如永明覺範大慧中峰其所為文章縱橫自在有今之文人不能措其一語者然而獨絓漏一眉山之長公何也

長公少年之文與槀城先生皆得
老泉法而終未盡其變晚而游
於禪那與佛印參寥諸子互呈
伎倆於是掀翻寶藏以三寸轆轤
舌顛撲半生學張僧繇畫龍一點
眼便欻日昂首飛去妖狐老猿窺

獲真人符籙則千奇萬怪跳梁于
青天白日之下而終不可以尺組約
東坡禪喜集是也此集輯自徐
長孺而唐元徵欲刻之以示同志
且以廣諸君子之學爲文而窮於
變者長公爲五祖戒後身其母與

子由弟嘗親夢見之祖戒陝右人
而長公七八歲亦時、夢游閩中
宋二百年僅得此人乃前生又為高
僧所羅五祖逸出之而始得為東
坡不著宋隻無才子矣居士陳
繼儒題

東坡禪喜集一目

頌

第一尊者結跏趺坐蠻奴側立有鬼使

者稽顙于前侍者取其書通之
第二尊者合掌趺坐蠻奴捧牘於前老
人發之中有琉璃器貯舍利十數
第三尊者扶烏木養和正坐下有白沐
猴獻果侍者執盤受之
第四尊者側坐屈三指荅胡人之問下
有蠻奴捧函童子戲捕龜者
第五尊者臨淵濤抱膝而坐神女出水

中蠻奴受其書
第六尊者右手支頤左手拊稺獅子顧
視侍者擇爪而剖之
第七尊者臨水側坐有龍出焉吐珠其
手中胡人持短錫杖蠻奴捧鉢而立
第八尊者並膝而坐加肘其上侍者汲
水過前有神人涌出於地捧盤獻寶
第九尊者食已襆鉢持數珠誦呪而坐

下有童子搆火具茶又有埋筒注水蓮
池中者
第十尊者執經正坐有仙人侍女焚香
於前
第十一尊者趺坐焚香侍者拱手胡人
捧函而立
第十二尊者正坐入定枯木中其神騰
出於上有大蟒出其下

第十三尊者倚杖垂足側坐侍者捧函而立有虎過前有童子怖匿而竊窺之

第十四尊者持鈴杵正坐誦呪侍者整衣於右胡人横短錫跪坐于左有虬一角若仰訴者

第十五尊者鬚眉皆白袖手趺坐胡人拜伏於前蠻奴手持拄杖特者合掌而立

第十六尊者橫如意趺坐下有童子發
香篆侍者注水花盆中
第十七尊者臨水側坐仰視飛鶴其一
既下集矣侍者以手拊之有童子提手
籃取果實投水中
第十八尊者植拂支頤瞪目而坐下有
童子破石榴以獻
跋尾

東坡禪喜集一目

茅鹿門曰東坡頌與等文字韓歐所不欲爲此等見解韓歐所不能及而蘇長公悟禪宗及過南海後遍歷刧劫以此心性超朗乃至于此可謂絶世之文矣

王聖俞曰坡公諸頌得意處冥然忘言

東坡禪喜集一

真寔居士馮夢禎批點
即空居士淩濛初輯增

頌

釋迦文佛頌并引

端明殿學士兼翰林侍讀蘇軾爲亡妻同安郡君王氏閏之請奉議郎李公麟敬畫釋迦文佛及十大弟子元祐八年十一月十一日設水陸道場供養軾拜手稽首而作頌曰

作如是語坡公自可中矣

我願世尊足指按地三千大千淨琉璃色其中衆生靡不解脱如日出時眠者皆作如雷霆時蟄者皆動同證無上永不退轉

阿彌陀佛頌并序

錢塘圓照律師普勸道俗歸命西方極樂世界阿彌陀佛眉山蘇軾敬捨亡母蜀郡太君程氏遺留簪珥命工胡錫采畫佛像以薦父母冥福謹再拜稽首而

直透佛頂

卓老删去顛我以下數句亦大有眼正欲透宗忽墮声聞然在處所遇無往無来亦自廓然不俗麼粘带

獻頌曰

佛以大圓覺充滿河沙界我以顛倒想出沒生死中云何以一念得往生淨土我造無始業本從一念生既從一念生還從一念滅生滅滅盡處則我與佛同如投水海中如風中鼓槖雖有大聖智亦不能分别願我先父母與一切衆生在處爲西方所遇皆極樂人人無量壽無往亦無來

是一是二道似不似當下宜一喝一棒

觀世音菩薩頌 并引

金陵崇因禪院長老宗襲自以衣鉢造觀世音像極相好之妙予南遷過而禱焉曰吾北歸當復過此而爲之頌建中靖國元年五月日自海南歸至金陵乃作頌曰

慈近乎仁悲近乎義忍近乎勇憂近乎智四者似之而卒非是有大圓覺平等無二無冤故仁

應是無匱

絶平等

是一是二道似不似當下又宜一喝一棒

李卓吾曰趣甚

無親故義無人故勇無我故智彼四雖近有作有止此四本無有取有匱（一作無）有二長者皆樂檀施其一大富千金日費其一甚貧百錢而已我說二人等無有二吁觀世音淨聖大士徧滿空界挈携天地大解脱力非我敢議若其四無我亦如此

石恪畫維摩頌

我觀衆工工一師人持一藥療一病風勞欲寒

曰藥生病曰知解生魔孔门賜也何敢望回

氣欲暖肺肝胃腎更相克挾方儲藥如丘山卒無一藥堪施用有大醫王拊掌笑謝遣衆工病隨愈問大醫王以何藥還是衆工所用者我觀三十二菩薩各以意談不二門而維摩詰默無語三十二義一時墮我觀此義亦不墮維摩初不離是說譬如油蠟作燈燭不以火點終不明忽見默然無語處三十二說皆光焰佛子若讀維摩經當作是念爲正念我觀維摩方丈室能

末却只似題畫耳然有宗莫草草

卓老去此四句以爲佳得趣然作不了語亦得作了語亦得

受九百萬菩薩三萬二千師子坐我悉容受不迫迮又能分布一鉢飯饜飽十方無量衆斷取妙喜佛世界如持鍼鋒一棗葉云是菩薩不思議住大解脱神通力我觀石子一處士麻鞋破帽露兩肘能使筆端出維摩神力又過維摩詰若云此畫無實相毗耶城中亦非實佛子若見維摩像應作此觀爲正觀

十八大阿羅漢頌 并引

陳眉公曰東坡所作禪家文字多矣然皆一時率筆成趣獨十八羅漢頌沉思而得之景既幽涵句復淵妙當為獨步

蜀金水張氏畫十八大阿羅漢軾謫居
儋耳得之民間海南荒陋不類人世此
畫何自至哉久逃空谷如見師友乃命
過（公第三子）躬易其裝標設燈塗香果以禮之張
氏以畫羅漢有名唐宋盖世擅其藝今
成都僧敏行其玄孫也梵相奇古學術
淵博蜀人皆曰此羅漢化生其家也軾
外祖父程公少時游京師還遇蜀亂絶

李卓吾曰事奇

粮不能歸困卧旅舍有僧十六人往見之曰我公之邑人也各以錢二百貸之公以是得歸竟不知僧所在公曰此阿羅漢也歲設大供四公年九十凡設二百餘供今軾雖不親覲其人而困戹九死之餘鳥言卉服之間乃獲此奇勝豈非希闊之遇也哉乃各卽其體像而窮其思致以爲之頌

李帖十八

王聖俞曰此十八題意外有會予最愛之

是有階級是無階級祇見波瀾起不測洞達深

王聖俞曰悠然有遠思

王聖俞曰澹絶竒絶

第一尊者結跏正坐蠻奴側立有鬼使者稽顙於前侍者取其書通之頌曰

月明星稀孰在孰亡煌煌東方惟有啟明咨爾上座及阿闍梨代佛出世惟大弟子

第二尊者合掌趺坐蠻奴捧櫝於前老人發之中有琉璃缾貯舍利十數頌曰

佛無滅生通塞在人墻壁瓦礫誰非法身尊者斂手不起於坐示有敬耳起心則那

第三尊者扶烏木養和正坐下有白沐猴獻果侍者執盤受之頌曰

我非標人人莫吾識是雪衣者豈具眼隻方食知獻何媿於猿爲語㮄子勿憎王孫

第四尊者側坐屈三指荅胡人之問下有蠻奴捧函童子戲捕龜者頌曰

彼問云何計數以對爲三爲七莫有知者雷動風行屈信（音伸）指間汝觀明月在我指端

稍落文字禪

王聖俞曰甚懈豁讀至此短氣

王聖俞曰屈三指却云為三為七大是慧心無第二月

王聖俞曰如心水魚鱗歷歷可數

第五尊者臨淵濤抱膝而坐神女出水中

鑾奴受其書頌曰

形與道一道無不在天宮鬼府奚往而礙婉彼

奇女躍於濤瀧神馬尻輿攝衣從之

第六尊者右手支頤左手捫穉師子顧視

侍者擇瓜而剖之頌曰

手捫雛猊目視瓜獻甘芳之意若達於面六塵

王聖俞曰靈妙絶倫

並入心亦徧知即此知者爲大摩尼

道成頤滿何跟何龍
與思邈又多事不道挾方儲藥如丘山来

吾有大患爲吾有身

第七尊者臨水側坐有龍出焉吐珠其手中胡人持短錫杖蠻奴捧鉢而立頌曰
我以道眼爲傳法宗爾以願力爲護法龍道成願滿見佛不作盡取玉函以畀思邈
第八尊者並膝而坐加肘其上侍者汲水過前有神人涌出於地捧盤獻寶頌曰
爾以捨來我以慈受各獲其心寶則誰有視我如爾取與則同我爾福德如四方空

不聞人声但聞落子

第九尊者食巳撲鉢持數珠誦呪而坐下
有童子構火具茶又有埋筒注水蓮池中
者頌曰
飯食巳畢撲鉢而坐童子茗供吹籥發火我作
佛事淵乎妙哉空山無人水流花開
第十尊者執經正坐有仙人侍女焚香於
前頌曰
飛仙玉潔侍女雲耿稽首炷香敢問至道我道

火傳也不知其盡也

大同有覺無修豈不長生非我所求

第十一尊者趺坐焚香侍者拱手胡人捧

函而立頌曰

前聖後聖相喻以言口如布穀而意莫傳奥觀

寂如諸根自例孰知此香一炷千偈

第十二尊者正坐入定枯木中其神騰出

於上有大蟒出其下頌曰

默坐者形空飛者神二俱非是孰爲此身佛子

還令縛者解之

王聖俞曰妃字奇絶又曰有至理語復柔潑便當作獅子吼見大神力

何爲懷毒不已願解此相問誰縛爾

第十三尊者倚杖垂足側坐侍者捧函而立有虎過前有童子怖匿而竊窺之頌曰

是與我同不噬其妃一念之差墮此鬐髵導師悲憫爲爾顰歎以爾猛烈復性不難

指示精進法門

第十四尊者持鈴杵正坐誦呪侍者整衣於右胡人横短錫跪坐於左有虬一角若仰訴者頌曰

身移而怨尚存
豈身移而性不
存乎撈㲾所以
反覆開喻也
王聖俞曰身移怨
存謂此一角亂前
身亦胡人也

騏驥不能捕鼠
一日可以千里
王聖俞曰楚丘
先生意趣

彼髯而虬長跪自言特角亦來身移怨存以無（王聖俞曰此○虬字指胡人）
言音誦無説法風止火滅無相仇者
第十五尊者須眉皆白袖手趺坐胡人拜
伏於前蠻奴手持拄杖侍者合掌而立頌
曰
聞法最先事佛亦久尨然衆中是大長老薪水
井臼老矣不能摧伏魔軍不戰而勝
第十六尊者横如意趺坐下有童子發香

世尊黙然乃是許可維摩無語衆篆皆墮

引恁麽藏恁麽詩云鳶飛戾天魚躍于淵隺鳴于九皐魚潛在淵

篆侍者注水花盆中頌曰

盆花浮紅篆烟繚青無問無荅如意自橫點瑟旣希昭琴不鼓此間有曲可歌可舞

第十七尊者臨水側坐仰觀飛鶴其一旣下集矣侍者以手拊之有童子提手藍取果實投水中頌曰

引之浩茫與鶴皆翔藏之幽深與魚皆沉大阿羅漢入佛三昧俯仰之間再拊海外

勘儒釋不二處王聖俞曰不援儒更好

病在自用著剛狠是信入種子所謂以爾猶烈渙性不難也王聖俞曰是彼中語

第十八尊者植拂支頤瞪目而坐下有童子破石榴以獻頌曰

植拂支頤寂然跏趺尊者所游物之初耶聞之於佛及吾子思名不用處是未發時

跋尾

佛滅度後閻浮提衆生剛狠自用莫肯信入故諸賢聖皆隱不現獨以像設遺言提引未悟而峩眉五臺廬山天台猶

出光景變異使人了然見之軾家傳十
六羅漢像每設茶供則化爲白乳或凝
爲雪花桃李芍藥僅可指名或云羅漢
慈悲深重急於接物故多現神變儻其
然乎今於海南得此十八羅漢像以授
子由弟使以時修敬遇夫婦生日輙設
供以祈年集福并以前所作頌寄之子
由以二月二十日生其婦德陽郡夫人

王聖俞曰魚枕冠頌全學楞嚴經

機鋒從莊周夢蝶來

李卓吾曰趣甚

史氏以十一月十七日生是歲中元日題

陶石簣曰目擊道存依稀作華嚴境界矣

魚枕冠頌

瑩淨魚枕冠細觀初何物形氣偶相值忽然而爲魚不幸遭網罟剖魚而得枕方其得枕時是枕非復魚湯火就模範巉然冠五岳方其爲冠時是冠非復枕成壞無窮已究竟亦非冠假使未變壞送與無髮人簪導無所施是名爲何物

卓吾删末二句卓見

王醒翁曰五喻奇他人夢想不到

全是楞嚴

我觀此幻身已作露電觀而况身外物露電亦無有佛子慈閔故願受我此冠若見冠非冠即知我非我五濁煩惱中清浮常歡喜

一作淨

荅孔子君頌

憂中投井入半而止出入不能本非住處我今何爲自作此苦忽然憂覺身在床上不知向來本元無井不應復作出入住想道無深淺亦無遠近見物失空空未甞𣩵物去空現亦未甞生

陳眉公曰正遠疑作正念

不葷不素吃也得不吃也得商量便落思議

王聖俞曰雖戲而有玄情

又曰喫處畢竟如何作答胡海陵云莫安排

應當正遠作如是觀

禪戲頌

已熟之肉無復活理投在東坡無礙羹釜中有何不可問天下禪和子且道是肉是素喫得是喫不得是大奇大奇一盌羹勘破天下禪和子

荅子由頌并引

子由問黃蘗長老疾云五蘊皆非四大空身心河嶽盡圓融病根何處容他住

藥石仍是接入
無礙羹茶也

日夜還將藥石攻不知黃蘗如何荅老
僧代云
有病宜須着藥攻寒時火燭熱時風病根既是
無容處藥石還同四大空

東坡羹頌并叙

東坡羹蓋東坡居士所煮菜羹也不用
魚肉五味有自然之甘其法以菘若蔓
菁若蘆菔若薺皆揉洗數過去辛苦汁

先以生油少許塗釜緣及甆盌下菜湯
中入生米爲糝及少生薑以油盌覆之
不得觸觸則生油氣至熟不除其上置
甑炊飯如常法盌不可遽覆須生菜氣
出盡乃覆之羮每沸湧遇油輙下又爲
盌所壓故終不得上不爾羮上薄飯則
氣不得達而飯不熟矣飯熟羮亦爛可
食若無菜用瓜茄皆切破不揉洗入羮

天真自在根上
著了安排也

熟赤豆與粳米半爲糝餘如煮菜法應
純道人將適廬山求其法以遺山中好
事者以頌問之
甘苦常從極處回醎酸未必是鹽梅問師此箇
天眞味根上來麼塵上來
食豆粥頌
道人親煮豆粥大衆齊念般若老夫試挑一口
已覺西家作馬

今朝有酒今朝醉明日愁來明日愁也

醉僧圖頌

人生得坐且穩坐劫劫地走覓什麼今年且疴東禪屎明年去搜西林磨

東坡禪喜集二目

贊

如來出山相贊

阿彌陀佛贊并序

藥師琉璃光佛贊并引

繡佛贊

静安縣君許氏繡觀音贊

應夢觀音贊

傅大士贊
觀音羅漢贊十七首并引
觀音贊一首
羅漢贊十六首
水陸法像贊并引
上八位
一切常住佛陀耶衆
一切常住達摩耶衆

一切常住僧伽耶衆
一切常住大菩薩衆
一切常住大辟支迦衆
一切常住大阿羅漢衆
一切五通神仙衆
一切護法龍神衆
下八位
一切官僚吏從衆

一切天衆
一切阿修羅衆
一切人衆
一切地獄衆
一切餓鬼衆
一切畜生衆
一切六道外者衆

自海南歸過清遠峽寶林寺敬贊禪月所

畫十八大阿羅漢

第八代闍羅佛陀羅尊者

第九戒傅迦尊者

第十半託迦尊者

第十一羅怙羅尊者

第十二那迦犀那尊者

第十三因揭陀尊者

第十四代那婆斯尊者

第十五阿氏多尊者

小篆般若心經贊
磨衲贊并序
六觀堂贊
東莞資福寺老柏再生贊

東坡禪喜集二目

茅鹿門曰坡公諸
贊游神言外點綴
淋漓
錢牧齋曰坡公諸
小贊跡宕清古
寒水孤峰
陳眉公曰坡公諸
贊銘理言玄著點
淺興趣幽微
所以老宿云指
天畫地作獅子
吼時宜一棒打
殺

東坡禪喜集二

贊

如來出山相贊

頭髮𩯭耳卓朔。適從何處來。碧色眼有角。明星未出。萬家閒。外道天魔皆奏樂。錯不錯。安得無上菩提。成等正覺。

阿彌陀佛贊并序

蘇軾之妻王氏。名閏之。字季章。年四十

六元祐八年八月一日卒於京師臨終之夕遺言捨所受用使其子邁迨過爲畫阿彌陀佛紹聖元年六月九日像成奉安於金陵清凉寺贊曰

佛子在時百憂繞臨行一念何由了口誦南無阿彌陀如日出地萬國曉何況自捨所受用画此圖滿天日表見聞隨喜悉成佛不擇人天與蟲鳥但當長作平等觀本無憂樂與壽夭丈六

是生西方訣

金身不爲大方寸千佛夫豈小此心平處是西方閉眼便到無魔嬈

藥師琉璃光佛贊并引

佛弟子蘇籥與其妹德孫病久不愈其父過母范氏供養祈禱藥師琉璃光佛遂獲痊損其大父軾特爲造畫尊像敬拜手稽首爲之頌曰

我佛出現時衆生無病惱世界悉琉璃大地皆

琉璃世界時藥草亦無有用處

李卓吾曰趣繡者以技被公以言等無有二

藥草我今衆穉孺仰佛如翁媼面顧旣圓平風末亦除掃弟子篇與德前世衲衣老敬造世尊像壽命仗佛保

繡佛贊

凡作佛事各以所有富者以財壯者以力巧者以技辯者以言若無所有各以其心見聞隨喜禮拜讚嘆曾未及彼一鍼之勞而其獲報等無有二若復緣此得度成佛則此繡者乃是導師

此觀想法味
夫子學琴于師襄而得文王境界如此
是佛即非是佛即是佛

靜安縣君許氏繡觀音贊

太岳之裔邑於靜安學道求心妙湛自觀觀觀世音凛不遠顏三年之後心法自圓聞思修王如日現前心識其容口莫能言發於六用以所能傳自手達緘自鍼達線爲鍼幾何巧歷莫筭鍼若是佛佛當千萬若其非佛此相曷緣孰融此二爲不二門拜手敬贊東坡老人

應夢觀音贊

家來問道無餘法雲在青天水在瓶水中却有第二月是一是二答曰即心即佛作麼生下注脚

稽首觀音宴坐寶石忽忽夢中應我空寂觀音不來我亦不往水在盆中月在天上

傅大士贊

善慧執板南泉作舞借我門槌爲君打鼓

觀音羅漢贊十七首 并引

典國浴室院法眞大師慧汶傳寶禪月大師貫休所畫十六大阿羅漢左朝散郎集賢校理歐陽棐爲其女爲軾子婦

能呼者誰覺痛者何物了此一關便是菩薩不二不煩觀音力

者捨所服用裝新之軾亦家藏虔州小孟畫觀世音捨爲中尊各作贊一首爲亡者追福滅罪

觀音贊

衆生墮八難身心俱喪失惟有一念在能呼觀世音火坑與刀山猛獸諸毒藥衆苦萃一身呼者常不痛呼者若自痛則必不能呼若其了不痛何用呼菩薩當自救痛者不煩觀音力衆生

此点宜似前頌著其盡相令觀者便于領會不然下根人恐摸擬錯却

嘿如雷霆吾無隱乎爾言如墻壁夫子之言性與天道不可得而聞也

以二故一身受衆苦若能真不二則是觀世音八萬四千人同時俱赴救

羅漢贊

第一

正坐斂眉扼腕立拂問此大士爲言爲默默如雷霆言如墻壁非言非默百祖是式

第二

栴檀非煙火亦無香是從何生俯仰在亡彈指

舊本誤重用後禪月所畫第九戒博迦尊者贊而以此爲第四今改全集正之

舊本以此爲第六今正

亦已發未發之解

舊本誤重用後第二迦諾迦代蹉尊者贊而以

贊歎善思念之是一炷香是天人師

第三

我觀西方庋無量國諸佛陀耶在我掌握右顧睥然汝則皆西隨我所印識道不迷

第四

袖手不言跏趺終日兩眉雖舉六用皆寂寂不爲身動不爲人天作時雨山川出雲

第五

此為第十今正

舊本誤以此為十三今正

無意可指便已如意竟

舊本誤用後第十二那迦犀那尊者贊而以此為第十四今正

不立文字正在著衣吃飯處

掌中浮圖舍利所宅放大光明照十方剎櫝而藏之了無見聞衆所發心與佛皆存

第六

手中竹根所指如意云何不動無意可指食已宴坐便腹果然是中空洞以受世間

第七

梵書旁行俛首注視不知有經而況字義佛子云何飽食晝眠勤苦功用諸佛亦然

舊本誤以此爲第十五今正

以刀割水無有斷時不住則未者無箇未來理請於此拈出一過現未不接處未將不出當與一棒

舊本誤重用後第十五廣友尊者贊今正

舊本誤用第十五今正

第八

衆生顛倒爲物所轉我轉是珠以一貫萬過現不住未則未來舉珠示人孰爲輪廻

第九

栢子庭際正覺妙慧悟最上乘了第一義爲大摩尼傳雜足衣示現虛寂端坐儼眉

第十

半肩磨衲爲誰緩頰彼以誠叩此緣問荅佛意

何其似前第四尊者画像

舊本誤用後羅漢贊為十一今正

舊本誤重用後第十一羅怙羅尊者贊今正

淺蒙

舊本誤用第六贊今正

玄微有覺無爲肉眼執着捧函捕龜

第十一

幻體有累法身無着幻法兩忘圓明寥廓以大願力援諸有情見聞悉入真妄一真

第十二

長江皎潔可鑑毛髮師心水心一般奇絶目寓波中意若攖龍真機掣電微妙玄通

第十三

舊本誤用第七 今正

緘者啓之

舊本誤用第八 今正

似亦是乱一角 抑訴之類

默坐無說是名妙說月槃芹獻花開子結實錫
一枝中含真機悟此機者處土泉飛

第十四

攝衣跏趺觀此烱穗與我定香本無内外貝葉
琅函三乘指南胡人捧立云誰啟緘

第十五

何去何從叩應感通如響荅聲聲寂還空訴者
誰纍皆有佛性去爾嗔恚隨處清淨

舊本誤重用後第十六注半托迦尊者賛今正

送維摩經來

第十六

一般心眼兩般見解將人我礦烹鍊沙汰廓然圓明超悟上乘示現慈悲授諸有情

水陸法像贊并引

盖聞淨明之鉢屬饜萬口寳積之盖徧覆十方若知法界本造於心則雖凡夫皆具此理昔在梁武皇帝始作水陸道場以十六名盡三千界用狹而施慱事

既知一念十六未多未必少于千萬

約而理詳後生莫知隨世增廣若使一二而悉數雖至千萬而靡周惟我蜀人頗存古法觀其像設猶有典刑虔召請於三時分上下者八位但能起一念於慈悲之上自然撫四海於俛仰之間軾敬發願心具嚴繪事而大檀越張侯致禮樂聞其事共結勝緣請法雲寺法涌禪師善本善擇其徒修營此會永爲無

大自了了

礙之施同守不刊之儀軾拜手稽首冬

爲之贊凡十六首

上八位

一切常住佛陀耶衆

謂此爲佛是事理障謂此非佛是斷滅相事理

旣融斷滅亦空佛自現前如日之中

一切常住達摩耶衆

以意爲根是謂法塵以佛爲體是謂法身風止

其爲物不二其生物不測

浪靜非有別水放爲江河滙爲沼沚

一切常住僧伽耶衆

佛旣強名法亦非眞神而明之存乎其人惟佛

法僧非三非一如雲出雨如水現日

一切常住大菩薩衆

神智無方解脫無礙以何因緣得大自在障盡

願滿反於自然無始以來亡者復存

一切常住大辟支迦衆

又爲辟支說法

現無佛處修苐二乘如日入時膏火爲燈我說

二乘如應病藥敬禮辟支即大圓覺

一切常住大阿羅漢衆

大不可知山隨綫移小入無間滐身薫持我雖

不能能設此供知一切人具此妙用

一切五通神仙衆

孰云飛仙高舉遠世湛然神凝物不疵癘爲同

爲異本自無同契我無生長生之宗

又爲道家說法

佛不必禦侮爲有佛性者禦耳

使是儒者恒語

一切護法龍神衆

外道壞法，如刀截風，壞者既妄，護者亦空。惟慈龍神，威而不怒，示有四友，佛之禦侮。

下八位

一切官僚吏從衆

至難者君，至憂者臣。以衆生故，現宰官身。以難爲易，以憂爲樂。樂兼萬人，戚倍衆惡。

一切天衆

差之毫釐失之千里放下屠刀立地成佛亦是猛烈復性不難也

貧子衣中珠

苦極則修樂極則流禍福無窮糾纏相求遂超欲色至非非想不如一念眞發無上

一切阿修羅衆

正念淳想則爲飛行毫釐之差遂墮戰爭以此爲道穴胸隕首是眞作家當師子吼

一切人衆

地獄天宮同一念頭涅槃生死同一法性抱寶號窮鑽穴索空今夕何夕當選大雄

一切地獄衆

汝一念起業火熾然非人燔汝乃汝自燔觀法界性起滅電速知惟心造是破地獄

一切餓鬼衆

說食無味涎流妄嚥真食無火中虛妄見美從妄生惡亦幻成知幻即離既飽且寧

一切畜生衆

欲人不知心則有負此念未成角尾已具集我

以上諸贊嘉甚不作僞宗門野狐禪語

錢櫟麗舜曰諸羅漢贊縱有是了悟不能有是瀟洒

道場一洗濯之盡未來劫愧者勿爲

一切六道外者衆

陋劣之極蕩於杳冥胎卵濕化莫從而生聞吾

法音飈起雷動如夢覺人不復見夢

自海南歸過清遠峽寶林寺敬贊禪月所

畫十八大阿羅漢

第一賓度羅跋囉墮尊者

白氎在膝貝多在巾目視超然忘經與人面顱

百皺不受刀鑷無心掃除留此殘雪

第二迦諾迦代蹉尊者

耆年何老粲然復少我知其心佛不妄笑嗔喜

雖幻笑則非嗔施此無憂與無量人

第三迦諾迦跋梨隨闍尊者

揚眉注目拊膝橫拂問此大士爲言爲默默如

雷霆言如墻壁非言非默百祖是式

第四蘇頻陀尊者

自𤻙自𤊟

聃耳垂肩綺眉覆顴佛在世時見此耆年開口誦經四十餘齒時聞雷雹出一彈指

第五諾矩羅尊者

善心爲男其室法喜背𤻙𠣾爬有木童子高下適當輕重得宜使真童子能知茲乎

第六跋陀羅尊者

美狠惡婉自昔所聞不圓其輔有圓者存現六極相代衆生報使諸佛子具佛相好

一作偏

一作如

第七迦理迦尊者

佛子三毛髮眉與須既去其二（一作共）一則有餘因以示衆物無兩遂既得無生則無生死

第八代闍羅弗多尊者

兩眼方用兩手自寂用者注經寂者寄勝二法相忘亦不相捐是四句偈在我指端

第九戒博迦尊者

一劫七日刹那三世何念之勤屈指默計屈者

仲尼遊水莊子藏舟皆喻伸之聞
與第七羅漢首同但首四字異耳

已往信者未然孰能住此屈信之間

第十半託迦尊者

垂頭没肩俛目注視不知有經而況字義佛子云何飽食晝眠勤苦功用諸佛亦然

第十一羅怙羅尊者

面門月滿瞳子電爛示和猛客作威喜觀龍象之姿魚鳥所驚以是幻身爲護法城

第十二那迦犀那尊者

無時不行住坐臥行住坐臥靜得經杖無在無不在

以惡轆物如火自爇以信入佛如水自濕垂肩捧手爲誰虔恭大師無德水火無功

第十三因揭陀尊者

捧經持珠杖則倚肩植杖而起經珠乃閑不行不立不坐不卧問師此時經杖何在

第十四代那婆斯尊者

六塵旣空出入息滅松摧石隕路迷草合逐獸於原得箭亡弓偶然汲水忽焉相逢

晏何晏岳潘岳皆貌美衆駘它澹臺皆貌悪此設喻頗類莊子意此尊者像貌黑而陋者耶

第十五阿氏多尊者

勞我者皙休我者黔如晏如岳鮮不僻淫是哀駘它澹臺滅明各妍於心得法眼正

第十六注荼半託迦尊者

以口說法法不可說以手示人手去法滅生滅之中（一作了）自然眞常是故我法不離色聲

第十七慶友尊者

以口誦經以手歎法是二道場各自起滅孰知

毛竅八萬四千皆作佛事說法熾然

第十八賓頭盧尊者

右手持杖左手拊右爲手持杖爲杖持手宴坐石上安以杖爲無用之用世人莫知

典國寺浴室院六祖画賛一首并序

予嘉祐初舉進士館於典國浴室老僧德香之院浴室之南有古屋東西壁畫六祖像其東刻木爲樓閣堂宇以障之

不見其全而西壁三師皆神宇靖深中空外夷意非知是道者不能爲此書其上曰蜀僧令宗筆予初不聞宗名而家有僞蜀待詔丘文播筆畫相似殆不可辨曰宗豈師播者耶已而問諸蜀父老曰文播漢州人弟曰文曉而令宗其異父弟或曰其表弟也皆善畫山水人物竹石其品在黄荃句龍爽之閒而文播

不惟于此有得且宛然當日畫工妙

之子仁慶尤長於花實羽毛蜀人趙昌所師者予去三十一年而中書舍人彭君器資亦館於是予往見之則院中人無復識予者獨主僧惠汝盖當時堂上侍者然亦老矣導予觀令宗畫則三祖依然尚在蔭翳闇予與器資相顧太息汝曰嘻去是也何有乃徙置所謂樓閣臺宇者北向而出之六祖相視如言如

手披公以筆爲舌皆此類

不化者存且道不化是何物

李卓吾曰趣甚

笑如以法相授都人聞之觀者日衆汝
乃作欄楯以護之而器資請予爲贊之
曰
少林傣壁不以爲礙彌天同輦不以爲泰稽首
六師昔晦今明不去不來何損何增俯仰屈信
三十一年我雖日化其孰能遷之

馬祖龐公眞贊

南岳坐下一馬四蹄踏殺天下馬後復一老龐

王聖俞曰以朔贊贊白以曹叙々勝此不事援引即以所聞為贊坡公彖用彖法又曰不須去霧明月自親
李卓吾曰無迹

一口吸盡西江天下是老師脚西江即渠儂口不知誰踏誰殺何緣自吸自受

辯才大師真贊 并引

予頃年嘗聞妙法於辯才老師今見其畫像乃以所聞者贊之

即之浮雲無窮去之明月皆同欲知明月所在在汝吐霧之中

僧伽贊

以一見性說法到底

盲人有眼不自知忽然見日喜而舞非謂日月有在亡實自慶我眼根在泗濵大士誰不見而有熟視不見者彼豈無眼業障故以知見者皆希有若能便作希有見從此成佛如反掌傳摹世間千萬億皆自大士法身出麻田供養東坡贊見者無數悉成佛

東林第一代廣慧禪師真贊

忠臣不畏死故能立天下之大事勇士不顧生

却以文字起

滄海桑田桑田
滄海

故能立天下之大名是人於道亦未也特以義重而身輕然猶所立如此而况於出三界了萬法不生不老不病不死應物而無情者乎堂堂總公僧中之龍呼吸爲雲噫欠爲風且置是事聊觀其一戲盖將拊掌談笑不起於坐而使廬山之下化爲梵釋龍天之宫

髑髏贊

黃沙枯髑髏本是桃李面而今不忍看當（一作時）是恨

以儒語贊禪頭頭是道末四句便是惡人認指爲月贊此老婆心也

不見業風相鼓轉巧色美倩盼無師無眼禪看便成一片

金山長老寶覺師真贊

望之儼然即之也温是惟寶覺大士之像因是識師是則非師因師識道道亦如是

資福白長老真贊

奇

是是是是資福白老子身如空我如爾無一事長歡喜東坡有老居士見此真欲擬議未開口

曾子以忠恕解一貫

誠則明々則誠

大透一貫直發出許多透宗話未要是萬物一體々解

落第二有一語畧相似門如市心如水

淨因淨照臻老真贊

淨故能照爲照故淨亦如是身孰知其正四大是假此反爲真從古聖賢所莫能分視彼如此凡賊皆子喜甲怒乙雖子猶賊人方自我物固相物是故東坡即此爲實

無名和尚傳贊

道無分成佛無滅生如影外光孰在孰亡如井

中空執虚執盈無名和尚盖名無名

海月辯公真賛并引

錢塘佛寺之盛盖甲天下道德才智之士與妄庸巧僞之人雜處其間號爲難齊故於僧職正副之外别補都僧正一員簿帳案牒奔走將迎之勞專責正副以下而都師領畧其要實以行解表衆而已然亦通號爲僧官故高舉遠引山

栖絶俗之士不屑爲之惟清通端雅外
涉世而中遺物者乃任其事盖亦難矣（卓吾去此四字）
予通守錢塘時海月大師惠辯者實在
此位神宇澄穆不見愠喜而緇素悦服
予固喜從之遊時東南多事吏治少暇
而予方年壯氣盛不安厥官每往見師
清坐相對時聞一言則百憂冰解形神
俱泰因悟莊周所言東郭順子之爲人

人貌而天虛緣而葆眞清而容物物無道正容以悟之使人之意也消盖師之謂也歟一日師卧疾使人請予入山適有所未暇旬餘乃往則師之化四日矣遺言須予至乃闔棺趺坐如生頂尚溫也予在黃州夢至西湖上有大殿榜曰彌勒下生而故人辯才海月之流皆行道其間師沒後二十一年予謫居惠州

揔之在世出世更難于遺世夫子所以不可及也

天竺淨惠師屬叅寥子以書遺予曰檀越許與海月作真贊久不償此願何也予矍然而起爲說贊曰

人皆趍世出世者誰人皆遺世世誰爲之爰有大士處此兩間非濁非清非律非禪惟是海月都師之式庶復見之衆縛自脫我夢西湖天宫化城見兩天竺宛如平生雲坡月滿遺像在此誰其贊之惟東坡子

湜長老真贊

道與之貌天與之形雖同乎人而實無情彼真清隱何殊丹青日照月明雷動風行夫孰非幻忽然而成此畫清隱可謁雨晴

光道人真贊

字易然

海口山巔犀顱鶴肩定眼水止秀眉月弦自一而兩至百億千即妄而真是真晏然

小篆般若心經贊

即以學書法體會禪法真左右逢源

王聖俞曰以字證禪與著述篇同而理更造微且於人情痛癢處更真

草隸用世今千載少而習之手所安如舌於言無揀擇終日應對惟所問忽然使作大小篆如正行走值墻壁縱復學之能粗通操筆欲下仰尋索譬如鸚鵡學人語所習則能否則默心存形聲與點畫何暇復求字外意世人初不離世間而欲學出世間法舉足動念皆塵垢而以俄頃作禪律禪律若可以作得所不作處安得禪善哉李子小篆字其間無篆亦無隸心忘其手

手忘筆筆自落紙非我使正使怱怱不少暇倏忽千百初無難稽首般若多心經請觀何處非般若。

磨衲贊并敘

長老佛印大師了元遊京師。天子聞其名。以高麗所貢磨衲賜之。客有見而歎曰。嗚呼善哉。未曾有也。嘗試與子攝其齊衽。循其鈎絡。舉而振之。則東盡嵎夷。

听魚謹反今不
識字者皆讀爲
聽可笑
佛印一段卓老
所删却是轉語
撇翻不可不存
公案

西及昧谷南放交趾北屬幽都紛然在
吾箴孔綫蹊之中矣佛印听然而笑曰
甚矣子言之陋也吾以法眼視之一一
箴孔有無量世界滿中衆生所有毛竅
所衣之衣箴孔綫蹊悉爲世界如是展
轉經八十反吾佛光明之所照與吾君
聖德之所被如以大海注一毛竅如以
大地塞一箴孔曾何嵎夷昧谷交趾幽

無論玄理文亦有舌
王聖俞曰自是箇中語令人解頤

都之足云乎當知此衲非大非小非短非長非重非輕非薄非厚非色非空一切世間折膠墮指此衲不寒爍石流金此衲不熱五濁流浪此衲不垢劫火洞然此衲不壞云何以有思惟心生下劣想於是蜀人蘇軾聞而贊之曰

匣而藏之見衲而不見師衣而不匣見師而不見衲惟師與衲非一非兩眇而視之蟣蝨龍象

六觀者金剛经偈云一切有為法如夢幻泡影如露亦如電應作如是觀也

若只似土偶不然又是盲修瞎錬

光字應是如字

六觀堂贊

我觀衆生念念爲人晝不見心夜不見身佛言如夢非想非因夢中常覺孰爲形神我觀衆生終日疑怖土偶不然無罣礙故佛言如幻永離愛惡饑飱畫餅無有是處我觀衆生起滅不停以是爲故乃有死生佛言如泡泡本無成能壞能成雖佛不能我觀衆生顛倒已久以光爲無以影爲有佛言光影我亦舉手從此永斷日中

狂走我觀衆生同遊露中對面不見衣沾眼蒙佛言如露一照而通蒙者既滅照者亦空我觀衆生神通自在於電光中建立世界佛言如電言發意會佛與衆生了無雜壞垂慈老人當作是觀自一至六六生千萬生故無窮一故不亂東坡無言孰爲此贊

東莞資福寺老栢再生贊

生石首肯棐松肘回是心苟眞金石爲開堂去

生石生公點頭石也棐松三藏

西来松也如此用事亦隔文字障猶有尊是者存

栢枯其留復生此栢無我誰爲枯榮方其枯時不枯者存一枯一榮皆方便門世人不聞厖礫說法今聞此栢熾然常說

羅漢贊

左手持經右手引帶爲卷爲開是義安在已讀則卷未讀則開我無所疑其音如雷

東坡禪喜集三目

偈

靈感觀音偈并引

無名和尚頌觀音偈

觀藏眞畫布袋和尚像偈

本峰偈并引

送海印禪師偈

南屏激水偈

目三　一

戲荅佛印偈

養生偈

王晉卿前生圖偈 并引

油水偈 并引

地獄變相偈

東坡禪喜集三目

陳眉公曰誦坡公諸偈肺腑清涼

余楚客曰以才人韻說佛祖禪非菩薩靈仍是自心靈

東坡禪喜集三

偈

靈感觀音偈 并引

或問居士佛無不在云何僧榮所常供養觀世音像獨稱靈感居士答言譬如靜夜天清無雲我目無病未有舉頭而不見月今此畫像方其畫時工適清淨又此僧榮方供養時秉心端嚴不入諸

相無有我人衆生壽者則觀世音廓然
自現爾時居士作此言巳心開形解隨
其所得而説偈言
夫物芸芸各升其英爲天蒼蒼爲日月星無在
不在容光則明矧我大士淵兮净神竗湛生光
積光爲形亭亭空中靡所倚憑眷此幻身如鬼
如珉生則圓物軒昂權衡地所不載而能空行
滅則蕩空附離四生不可控摶矧此亭亭滞淚

請救摶頻頻纓如月下照著心寒清不因修爲
得法眼淨碎身微塵莫報聖靈

無名和尚頌觀音偈

我觀諸佛及菩薩皆以六塵作佛事雖有妙智
如觀音根性亦自聞思復佛子流浪無始劫未
空言語文字性譬如多財石季倫知財爲害不
早散手揮金寶棄溝壑不如施與貧病者纍纍
三百五十珠持與觀音作纓絡

别本此偈末有無罷也洗鉢盂去七字為下轉語曰睡得安穩何用數珠指天着地皆是睡魔

觀藏眞畫布袋和尚像偈

拄杖指天布袋着地掉却數珠好一覺睡

王雁俞曰莊子有云無聽之以耳而聽之以心無聽之以心而聽之以氣凡禅宗文字半須氣聽

木峰偈 并引

元豐七年臘月朔日東坡居士過臨淮謁普照王塔過襄師房觀所藏佛骨舍利捨山木一峰供養乃說偈言

枵然無根生意永斷劫火洞然爲君作炭

送海印禪師偈 并引

海印禪師紀公將赴峩眉往别太子少保趙公于三衢公以三詩贈行復枉道過軾於齊安亦求一偈公以元臣大老功成而歸軾以非才竊禄得罪而去禪師道眼了無分别廼知法界海慧照了萬殊大小縱横不相留礙

直從巴峽逢僧晏道到東坡别紀公當時半破峩眉月還在平羌江水中

可以觀世態生平等心
王聖俞曰居上
蓋有道者也

請以此偈附於三詩之末

南屏激水偈

水激之高如所從來屈信相報報盡而止止不失平於以觀法

佛心鑑偈并引

軾第三子過蓄烏銅鑑圓徑數寸光明洞徹元豐八年十一月二日游登州延洪禪院院僧文泰方造釋迦文佛像乃

捨爲佛心鑑且說偈曰

鑑中面像熱時炎無我無造無受者心花發明照十方還度如是常沙衆

送僧應託偈并引

蘇壽明巢穀僧應託與東坡居士皆眉人也會於黄岡將之廬山作偈送之

一般口眼兩般腸肚認取鄉人聞早歸去

送壽聖聰長老偈并序

李卓吾曰趣

又曰透

未是真諦却是辯才

佛說作止任滅是謂四病如我所說亦是諸佛四玅法門我今亦作亦止亦任亦滅滅則無作作則無止止則無任任則無滅是四法門更相掃除火出木盡灰飛煙滅如佛所說不作不止不任不滅是則滅病否即任病如我所說亦作亦止亦任亦滅是則作病否即止病我與佛說旣同是法亦同是病昔維摩詰

默然無語以對文殊而舍利弗亦復默然以對天女此二人者有何差別我以是知苟非其人道不虛行時長老聰師自筠來黃復歸於筠東坡居士爲說偈言

珍重壽聖師聽我送行偈願閔諸有情不斷一切法人言眼睛上一物不可住我謂如虛空何物住不得我亦非然我而不然彼義然則兩皆

然否則無然者

朱壽昌梁武懺贊偈并序

我觀世間諸得道者多因苦惱苦惱之極無所告訴則呼父母父母不聞仰而呼天天不能救則當歸命於佛世尊佛以大悲方便開示令知諸苦以愛爲本得愛則喜犯愛則怒失愛則悲傷愛則懼而此愛根何所從生展轉觀察愛盡

苦滅得安樂處諸佛亦言愛別離苦父母離別其苦無量於離別中生離最苦有大長者曰朱壽昌生及七歲而母捨去長大懷思涕泣追求刺血寫經禮佛懺悔四十餘年乃見其母念報佛恩欲度衆苦觀諸教門切近周至莫如梁武所說懺悔文旣繁重旨亦淵秘一切衆生有不能了乃以韻語諧諸音律使一

切人歌咏讚歎獲福無量時有居士蜀
人蘇軾見聞隨喜而說偈曰
長者失母常自念言母本生我我生母去有我
無母不如無我誓以此身出生入死母若不見
我亦隨盡在衆人中猶如狂人終日皇皇四十
餘年乃見其母我初不記母之長短大小肥瘠
云何一見便知是母母子天性自然冥契如磁
石鍼不謀而合我未見母不求何獲旣見母已

心喜其淺淺許
又借此喻道

王聖俞曰此因忽若有得而記之者故序載月日似是有得若無所得不惟那個寒熱遮個也寒熱

即無所求諸佛子等歌詠懺文旣懺罪已當求佛道如我所説作求毋觀

十二時中偈并引

十二時中常切覺察這個是什麽十二月二十日自泗守席上迴忽然夢得個消息乃作偈云

百衮油鐺裏恣把心肝爍遮個在其中不寒亦不熱似則是似則未是不唯遮個不寒熱那個

王聖俞曰隨説隨掃

遮箇即這箇禪門語然[?]

一間耳

也不寒熱咄甚𠮟做遮個那個

（又曰又掃一層）

無相庵偈

出庵見庵入庵見圓問此圓相何所因起非土非木亦非虛空求此圓相了不可得乃至無有無有亦無是中有相名大圓覺是佛心也是諸魔種

玉石偈

嘻嘻呀呀三伏中草木生烟地生火遺君玉石

受寒熱者受之耶知寒熱者受之耶思之思之

百有八願君置之白石盆注以碧蘆井中泉遺君肝肺凉如水熱惱既除心自定當觀熱相無去來寒至折膠熱流金是我法身一呼吸寒人者氷熱者火氷火初不自寒熱一切世間我四大畢竟誰受寒熱者願以法水浸摩尼當觀此石如瓦礫

寒熱偈

今歲大熱八十餘日物我同病是熱非虛方其

熱時謂不復凉及其旣凉熱復安在凡此寒熱
更相顯見熱旣無有凉從何立令我又復認此
爲凉後日更凉此還是熱畢竟寒熱爲無爲有
如此分別皆是衆生客塵浮想以此爲達無有
是處使謂爲迷則又不可如火燒木從木成炭
從炭成灰爲灰不已了無一物當以此偈更問
子由

僕在黄州戲書爲江夏李樂道持去後

佛印本偈見後紀事中

王聖俞曰曲折隨勢如曲木几不施雕琢

七年復相見京師出此書茫然如夢中語也

戲答佛印偈

百千燈作一燈光盡是恒沙妙法王是故東坡不敢惜借君四大作禪床

養生偈

閑邪存誠練氣養精一存一明一練一清清明乃極丹元乃生坎離乃交梨棗乃成中夜危坐

服此四藥一藥一至到極則處幾費千息閑之廓然存之卓然養之郁然煉之赫然守之以一成之以久功在一日何遲之有

易曰閑邪存其誠詳味此字知邪中有誠無非邪者閑亦邪也至於無所閑乃見其誠者幻滅滅故非幻不滅

王晋卿前生圖偈并引

王晋卿得破墨三昧又嘗聞祖師第一

久此境盼人人憶得

義故盡邢和璞房次律論前生圖以寄
其高趣東坡居士既作破琴詩記夢異
矣復說偈言
前夢後夢眞是一此幻彼幻非有二正好長松
水石間更憶前身後身事
油水偈并引
熙寧元年七月二十八日元叔設食嘉
祐謁長老觀佛牙趙郡蘇某爲之偈曰

水在油中見火則起油水相搏水去油住湛然光明不知有火在火能定內外淨故若不經火油水同定非真定故見火復起

地獄變相偈

我聞吳道子初作酆都變都人懼罪業兩月罷屠宰此盡無實相筆墨假合成譬如說食飽何從生怖汗乃知法界性一切惟心造若人了此言地獄自破碎

一作在穴能定

如此勘破定字以非指非馬喻也

説得切近

東坡禪喜集四目

銘

卓錫泉銘并序

參寥泉銘并序

石塔戒衣銘

大覺鼎銘

東坡禪喜集四目

楼迂齋曰坡公最長于物理上推到義理精微處妙于形容讀諸銘可見

東坡禪喜集四

銘

眞相院釋迦舍利塔銘 并序

洞庭之南有阿育王塔分葬釋迦如來舍利嘗有作大施會出而浴之者緇素傳捧涕泣作禮有比丘竊取其三色如含桃大如薏苡將置之他方爲衆生福田久而不能以授白衣方子明元豐三

年軾之弟轍謫官高安子明以昇之七年軾自齊安恩徙臨汝過而見之八年移守文登召爲尚書禮部郎過濟南長清真相院僧法泰方爲塼塔十有三層峻峙蟠固人天鬼神所共瞻仰而未有以葬軾默念曰予弟所寶釋迦舍利意將止於此耶昔余先君文安主簿贈中大夫諱洵先夫人武昌大君程氏皆性

仁行廉崇信三寶捐館之日追述遺意捨所愛作佛事雖力有所止而志則無盡自頃憂患廢而不舉將二十年矣復廣前事庶幾在此泰聞踴躍明年來請於京師探篋中得金壹兩銀陸兩使歸求之衆人以具棺槨銘曰

如來法身無有邊化爲丈六（一作舍利）示人天偉哉有形斯有年紫金光聚飛爲烟惟有堅固百億千輪

王阿育願力堅役使空界鬼與仙分置衆刹莫
山川棺槨十襲閟精圓神光晝夜發層巔誰其
取此智且權佛身普現衆目前昬者坐受遠近
遷寘行黑月墮坎泉分身來化會有緣流轉至
此誰使然并包齊魯窮海壖獷悍柔淑冥愚賢
願持此福逹我先生生世世離垢纏

廣州東莞縣資福寺舍利塔銘并序

自有生人以來人之所爲見於世者何

可勝道其鼓舞天下經緯萬世有偹於
造物者矣考其所從生實出於一念巍
乎大哉是念也物復有烈於此者乎是
以古之真人以心爲法自一身至一世
界自一世界至百千萬億世界於屈信
臂頃作百千萬億變如佛所言皆真實
語無可疑者至於持身厲行練精養志
或乘風而仙或解形而去使枯槁之餘

李卓吾曰事奇

坡公若非祖師後身何以多緣而見爾許物

化爲金玉時出光景以作佛事者則多有矣其見伏去來皆有時會非偶然者予在惠州或示予以古舍利狀若覆盂圓徑五寸高三寸重一斤一兩外密而中踈其理如芭蕉舍利生其中無數五色具意必眞人大士之遺體盖腦之在顱中顱亡而腦存者予曰是當以施僧與衆共之藏私家非是其人難之適有

東莞資福長老祖堂來惠州見而請之曰吾方建五百羅漢閣壯麗甲於南海舍利當栖我閣上則以犀帶易之有自京師至者得古玉璧試取以薦舍利若合符契堂喜遂并璧持去曰吾當以金銀琉璃爲崒堵波置閣上銘曰

眞人大士何所修心精妙明含九州此身性海一浮漚委蛻如遺不自收戒光定力相烝休結

爲寶珠散若旋流行四方獨此留帶犀微矣何足酬璧來萬里端相投我非予堂堂非求共作佛事知誰由瑞光一起三千秋永照南海通羅浮

南安軍常樂院新作經藏銘

佛以一口而說千法千佛千口則爲幾說我法不然非千非一如百千燈共照一室雖各徧滿不相壞雜咨爾學者云何覽閱自非正眼表裡

洞達已受將受則相陵奪惟冋屢空無所不悅是名耳順亦號莫逆以此轉經有轉無竭道人山居僻介楚越常樂我靜一食破衲達磨耶藏勤苦建設我無一錢檀波羅蜜施此法水以灌爾睫

大别方丈銘

閉目而視目之所見冥冥蒙蒙掩耳而聽耳之所聞隱隱隆隆耳目雖廢見聞不斷以搖其中

相其木魚與其鼓鐘開目而未嘗視傾耳而未嘗聽也

孰能開目而未嘗視如鑑寫容孰能傾耳而未嘗聽如穴受風不視而見不聽而聞根在塵空湛然虛明遍照十方地獄天宮蹈冒水火出入金石無往不通我觀大别三門之外大江方東東西萬里千溪百谷爲江所同我觀大别方丈之内一燈常紅門門不開光出於隙睟如長虹問何爲然笑而不答寄之盲聾但見龐然秀眉月面純漆點瞳我作銘詩相其木魚與其鼓鐘

寶月大師塔銘并序

寶月大師惟簡，字宗古，姓蘇氏，眉山人，於余爲無服兄。九歲事成都中和勝相院慧悟大師，十九得度，二十九賜紫，三十六賜號。其同門友文雅大師惟度，爲成都都僧統，所治萬餘人，鞭笞不用，中外肅服。度傳學通古今，善爲詩，至於持律總衆，酬酢事物，則師密相之也。凡三

乃真有爲

十餘年人莫知其出於師者師清亮敏
達綜練萬事端身以律物勞已以裕人
人皆高其才服其心凡所欲爲趍成之
更新其精舍之在成都與郫者凡二百
七十三間經藏一盧舍那阿彌陀彌勒
大悲像四塼橋二十七皆談笑而成其
堅緻可支一世師於佛事雖若有爲譬
之農夫畦而種之待其自成不數數然

也故余嘗以爲修三摩鉢提者蜀守與使者皆一時名公卿人人與師善然師嘗罕見寡言務自却遠益不可得而親疎者喜施藥所活不可勝數少時瘠黑如梵僧既老而皙若復少者或曰是有陰德發於面壽未可涯也紹聖二年六月九日始得微疾即以書告於往來者敕其子孫皆佛法大事無一語私其身

云十四人名止十三

至二十二日集其徒問曰죽莫及辰曰
吾行矣遂化年八十四是月二十六日
歸骨於城東智福院之壽塔弟子三人
海慧大師士瑜先亡次士隆次紹賢爲
成都副僧統孫十四人悟遷悟清悟文
悟眞悟緣悟深悟微悟開悟通悟誠悟
益悟權悟緘曾孫三人法舟法榮法源
以家法嚴故多有聞者師少與蜀人張

隱君少愚善吾先君宗師亦深知之曰
此子才用不減澄觀若事當有立於世
爲僧亦無出其右者已而果然余謫居
惠州舟實來請銘銘曰
大師寶月可字簡名出趙郡蘇東坡之兄自少
潔齊老而彌剛領袖萬僧名聞四方壽八十四
臘六十五瑩然摩尼歸於眞土錦城之東松栢
森森子孫如林蔽芾其陰

揔自楞嚴來

法雲寺鐘銘 并序

元豐七年十月有詔大長老圓通禪師法秀住法雲寺寺成而未有鐘大檀越駙馬都尉武勝軍節度觀察留後張敦禮與冀國大長公主唱之從而和者若干人元祐元年四月鐘成萬斤東坡居士蘇軾爲之銘曰

有鐘誰爲撞有撞誰撞之三合而後鳴聞所聞

爲五關一一不可得汝則安能聞汝聞竟安在耳
視目可聽當知所聞者鳴寂寂時鳴大圜空中
師獨處高廣座卧士無所著人引非引人二俱
無所說而說無說法法法雖無盡問則應曰三
汝應如是聞不應如是聽

邵伯埭鐘銘并序

邵伯埭之東寺僧子康募千人爲千斤
銅鐘蜀人蘇軾爲之銘曰

萬物自生聽太空恒寂寞

李卓吾曰趣甚

無量智慧火燒此無明銅戒定以爲模鑄成無漏鐘以汝平等手執彼慈悲撞聲從無有出遍滿無邊空

蘇程庵銘并序

程公菴南華長老辨公爲吾表弟程德孺作也吾南遷過之更其名曰蘇程且銘之曰

辨作庵寶林南程取之不爲貪蘇後到住者三

道並行而不相悖

了當

蘇既住程則去一彈指三世具如我說無是處百千燈同一光一塵中兩道場齊說法不相妨本無通安有礙程不去蘇亦在各徧滿無雜壞

清隱堂銘

巳去清隱而老崇慶崇慶亦非何者爲正清者其行隱者其言非彼非此亦非中間在清隱時念念不住今者何人補清隱處八萬四千劫火洞然但隨他去何處不然

應無所住而生其心

思無邪齋銘并序

東坡居士問法于子由子由報以佛語曰本覺必明無明明覺居士欣然有得于孔子之言曰詩三百一言以蔽之曰思無邪夫有思皆邪也無思則土木也吾何自得道其唯有思而無所思乎於是幅巾危坐終日不言明目直視而無所見攝心正念而無所覺于是得道乃

齋名殊自宋氣

名其齋曰思無邪而銘之曰

大患緣有身無身則無病廓然自圓明鏡鏡非我鏡如以水洗水二水同一净浩然天地間唯我獨也正

談妙齋銘

南華長老端静簡潔浮雲掃盡但掛孤月吾宗伯固通亮英發大圭不琢天驥超絶室空無有獨設一榻空毘耶城奔走竭蹶二士共談必說

非問非荅便不饒舌

王醒翁曰老子云正言若反此足盡禪理

又曰數淡字有味

妙法彈指千偈卒無所説有言皆幻無起不滅問我何爲鏤氷琢雪人人造語一一説法孰知東坡非問非荅

淡軒銘

以船撑船船不行以鼓打鼓鼓不鳴子欲察味而辨色何不坐于淡軒之上出淡語以問淡叟則味自味而色自形吾然後知淡叟之不淡葢將盡卩眼之變而起無窮之爭其自謂叢林之

一害豈虛名也哉

憂齋銘并序

至人無憂或曰高宗武王孔子皆憂佛亦憂憂不異覺覺不異憂憂即是覺覺即是憂此其所以爲無憂也與衛玠問憂于樂廣廣對以想曰形神不接而憂此豈想哉對曰因也或問因之說東坡居士曰世人之心因塵而有未嘗獨立

故自說夢筆法
遂似漆園

也塵之生滅無一念住夢覺之間塵塵相授數傳之後失其本矣則以爲形神不接豈非因乎人有牧羊而寢者因羊而念馬因馬而念車因車而念蓋遂夢曲蓋鼓吹身爲王公夫牧羊之與王公亦遠矣想之所因豈足怪乎居士始與芝相識于夢中旦以所夢求而得之今二十四年矣而五見之每見輙相視而

笑不知是處之爲何方今日之爲何日
我爾之爲何人也題其所寓室曰夢齋
而子由爲之銘曰
法身充滿處處皆一幻身虛妄所至非實我觀
世人生非實中以寤爲正以寐爲夢忽寐所遇
執寤所遭積執成堅如丘山高若見法身寤寐
皆非知其皆非寤寐無爲遨遊四方齋則不遷
南北東西法身本然

李卓吾曰事奇

菩薩泉銘 并序

陶侃爲廣州刺史有漁父每夕見神光海上以白侃侃使迹之得金像視其欵識阿育王所鑄文殊師利像也初送武昌寒溪寺及侃遷荆州欲以像行人力不能動益以牛車三十乘乃能至船船復沒遂以還寺其後惠遠法師迎像歸廬山了無艱礙山中世以二僧守之會

佛之伏見大具因緣

昌中詔毀天下寺二僧藏像錦繡谷比釋教復興求像不可得而谷中至今有光景往往發見如峩眉五臺所見盖遠師文集載處士張文逸之文及山中父老所傳如此今寒溪少西數百步別爲西山寺有泉出于嵌竇間色白而甘號菩薩泉人莫知其本末建昌李常謂余豈昔像之所在乎且屬余爲銘銘曰

與恕先在烏呼之或出同一機括也

像在廬阜宵光屬天旦朝視之寥寥空山詎謂寒溪尚有斯泉盍徃鑒之文殊了然

卓錫泉銘并序

六祖初住曹溪卓錫泉湧清凉滑甘贍足大衆逮今數百年矣或時小竭則衆汲于山下今長老辯公住山四歲泉日涌溢聞知嗟異爲作銘曰

祖師無心心外無學有來扣者雲涌泉落問何

求之與抑與之
與夫子之求之
也其諸異乎人
之求之與

從來初無所從若有從處來則有窮初住南華
集衆須水水性融會豈有無理引錫指名寒泉
自冽衆渴得飲如我說法云何至今有溢有枯
泉無溢枯盖其人乎辯來四年泉水洋洋烹煮
濯溉飲及牛羊手不病汲肩不病負匏勺瓦盂
莫知其故我不求水水則許我訊于祖師其亦
可哉

參寥泉銘 并序

李卓吾曰事奇本是寒食清明多過了石泉槐火一時新

予謫居黄参寥子不遠數千里從予于東城留朞年甞與同遊武昌之西山夢相與賦詩有寒食清明石泉槐火之句語甚美而不知其所謂其後七年予出守錢塘参寥子在焉明年卜智果精舍居之又明年新居成而予以寒食去郡實來告行舍下舊有泉出石間是月又鑿石得泉加冽参寥子擷新茶鑽火煮

可以息人緣心妄想

泉而淪之笑曰是見于夢九年衛公之
爲靈也久矣坐人皆悵然太息有知命
無求之意乃名之參寥泉爲之銘曰
在天雨露在地江湖皆我四大滋相所濡偹哉
參寥彈指八極退守斯泉一謙四益予晚聞道
夢幻是身眞即是夢夢即是眞石泉槐火九年
而信夫求何伸實弊汝神

石塔戒衣銘

石塔得三昧初從戒定入是故常寶護登壇受
戒衣吾聞得道人一物亦不留云何此法衣補
緝成百衲諸法念已逝此衣非昔衣此法非生
滅衣亦無壞者振此無塵衣洗此無垢人壞則
隨他去是故終不壞

大覺鼎銘

樂全先生遺我鼎龘我復以餉大覺老禪在昔
宋魯取之以兵書曰郜鼎以䂊從名樂全東坡

甘苦自知

予之以義書曰大覺之鼎以名從罷䎴山之泉烹以其薪爲苦爲甘咨爾學人

東坡禪喜集五目

書後

書正信和尚塔銘後
書黃魯直李氏傳後

陳眉公曰蘇黄題䟦人竝推重之如煙光花氣着有若無山谷遠不逮公

東坡禪喜集五

書後

書孫元忠所書華嚴經後

余聞世間凡富貴人及諸天龍鬼神具大威力者修無上道難造種種福業易所發菩提心旋發旋忘如飽滿人厭棄飲食所作福業舉意便成如一滴水流入世間即爲江河是故佛説此等眞可畏怖一念差失萬劫墮壞一切龍服地

六大奇事

此與龍友皆締佛緣非豢龍氏比也然亦以佛力能友龍乎

行天飛佛在依佛佛滅依僧皆以是故維鎮陽平山二龍靈變莫測常依覺實二大比丘有大檀越孫溫靖公實能致龍與相賓友曰雨曰霽惟公所欲公之與此二大比丘及此二龍必同事佛皆受佛記故能于未來世各以願力而作佛事觀公奏疏本欲爲龍作廟又恐血食與龍增業故止乞度僧以奉祠宇公之愛龍如愛其身極令作福不令造業若推此心以及世間待

物如我，待我如物。予知此人與佛無二，覺既圓寂，公亦棄世。其子元忠爲公親書《華嚴經》八十卷，累萬字，無有一點一畫見怠惰相。人能攝心一念，專靜便有無量應感，而元忠此心盡八十卷終始若一，予知諸佛悉已見聞。若以此經置此山中，則公與二士若龍在在處處，皆當相見，共度衆生，無有窮盡，而元忠與予亦當與焉。

書若逵所書經後

李卓吾曰：亦迹
王聖俞曰：故是慧心人
又曰：就字參禪

就書法即說佛法
王醒俞曰：文章之妙，自然應節，亦復如是
陶石簣曰：海沙空雨，了達之語

懷楚比丘示我若逵所書二經經爲幾品品品爲幾偈偈爲幾句句爲幾字字爲幾畫其數無量而此字畫平等若一無有高下輕重大小云何能一以忘我故若不忘我一畫之中已現二相而況多畫如海上沙是誰磋磨自然勻平無有麁細如空中雨是誰揮灑自然蕭散無有疎密咨爾楚逵若能一念了是法門于刹那頃轉八十藏無有忘失一句一偈東坡居士說是法已

復還其經

書金光明經後

軾之幼子過其母同安郡君王氏諱閏之字季章享年四十有六以元祐八年八月一日卒於京師殯于城西惠濟院過未免喪而從軾遷于惠州日以遠去其母之殯爲恨也念將祥除無以申罔極之痛故親書金光經四卷手自裝治送虔州崇慶禪院新經藏中欲以資其母之往

只此數語可以看盡五千四十八卷

生也泣而言于軾曰書經之勞役矣不足以望
豐報要當口誦而心通手書而身履之乃能感
通佛祖升濟神明而小子愚冥不知此經皆眞
實語耶抑寓言也當云何見云何行軾曰善哉
問也吾嘗聞之張文定公安道曰佛乘無大小
言亦非虛實顧我所見如何耳萬法一致也我
若有見寓言即是實語若無所見實寓皆非故
楞嚴經云若一衆生未成佛終不于此取涅槃

若諸菩薩急于度人不急於成佛盡三界衆生皆成佛已我乃涅槃若諸菩薩覺知此身無始以來皆衆生相冤親拒受內外障護卽卵生相壞彼成此損人益已卽胎生相愛染留連附記有無卽濕生相一切幻變爲已主宰卽化生相此四衆生相者與我流轉不覺不知勤苦修行幻力成就則此四相使我諸根爲涅槃相以此成佛無有是處此二菩薩皆是正見乃知佛語

非寓非實。今汝若能爲流水長者，以大願力，象
取無礙法水，以救汝流涙渇涸之魚，又能觀諸
世間雖甚可愛，而虛幻無實，經非我有者，汝卽
捨離；如薩埵王子捨身，雖甚可惡，而業所驅迫，
深可憐憫者，汝卽布施；如薩埵王子施虎，行此
捨施，如饑就食，如渇求飲，則道可得，佛可成，毋
可拔也。過再拜稽首，願書其末。紹聖二年八月
一日。

令世諸佛達少
年揭偈高談自

書楞伽經後

楞伽阿跋多羅寶經先佛所說微妙第一眞實了義故謂之佛語心品祖師達磨以付二祖曰吾觀震旦所有經教惟楞伽四卷可以印心祖祖相受以爲心法如醫之有難經句句皆理字字皆法後世達者神而明之如槃走珠如珠走槃無不可者若出新意而棄舊學以爲無用非愚無知則狂而已近歲學者各宗其師務從簡

謂上乘正坐此

便得一句一偈自謂了證至使婦人孺子抵掌嬉笑爭譚禪悅高者爲名下者爲利餘波末流無所不至而佛法微矣譬如俚俗醫師不由經論直授方藥以之療病非不或中至于遇病輙應懸斷死生則與知經學古者不可同日語矣世人徒見其有一至之功或捷于古人因謂難經不學而可豈不悞哉楞伽義趣幽眇文字簡古讀者或不能句而況遺文以得義忘義以了

心者乎此其所以寂寥于世幾廢而僅存也太子太保樂全先生張公安道以廣大心得清淨覺慶曆中嘗爲滁州至一僧舍偶見此經入手恍然如獲舊物開卷未終夙障氷解細視筆畫手迹宛然悲喜太息從是悟入常以經首四偈發明心要軾游于公之門三十年矣今年二月過南都見公於私第公時年七十九幻滅都盡慧光渾圓而軾亦老于憂患百念灰冷公以爲

可教者乃授此經且以錢三十萬使印施于江淮閒而金山長老佛印大師了元曰印施有盡若書而刻之則無盡軾乃爲書之而元使其侍者曉機走錢塘求善工刻之板遂以爲金山常住元豐八年九月日朝奉郎新差知登州軍州兼管內勸農事騎都尉借緋蘇軾書

金剛經跋尾

聞昔有人受持諸經攝心專妙常以手指作捉

又奇

王聖俞曰譚君特富兒佞佛者耳東坡着反詞以藥之然亦諛直相半

筆狀於虛空中寫諸經法是人去後此寫經處自然嚴淨雨不能濕凡見聞者孰不贊嘆此希有事有一比丘獨拊掌言惜此藏經止有半藏乃知此法有一念在即爲塵勞而況可以聲求色見今此長者譚君文初以念親故示入諸相取黄金屑書金剛經以四句偈悟入本心灌流諸根六塵清淨方此之時不見有經而況其字字不可見何者爲金我觀譚君孝慈忠信內行

純備以是衆善莊嚴此經色相之外炳然煥發
諸世間眼不具正見使此經法缺陷不全是故
我說應如是見東坡居士說是法已復還其經

書柳子厚大鑒禪師碑後

釋迦以文教其譯于中國必託于儒之能言者
然後傳遠故大乘諸經至楞嚴則委曲精盡勝
妙獨出者以房融筆授故也柳子厚南還始究
佛法作曹谿南嶽諸碑妙絶古今而南華今無

刻石者長老重辯師儒釋兼通道學純備以謂自唐至今頌述祖師者多矣未有通亮簡正如子厚者盖推本其言與孟軻氏合其可不使學者晝見而夜誦之故具石請予書其文唐史元和中馬摠自虔州刺史遷南安都護徙桂管經畧觀察使入爲刑部侍郎今以碑考之盖自南安遷南海非桂管也韓退之祭馬公文亦云自交州抗節番禺曹谿謚號决非桂帥所當請以

是知唐史之誤當以碑爲正紹聖二年六月九日

書正信和尚塔銘後

太安楊氏世出名僧正信表公兄弟三人其一曰仁慶故眉僧其一曰元俊故極樂院主今太安治平院也皆有高行而表公行解超然晩以静覺三人皆與吾先大父職方公吾先君中大夫遊相善也熙寧初軾以服除將入朝表公適

佛乘語

了知去來若此

臥病入室告別霜髮寸餘目光瞭然骨盡出如畫須菩提像可畏也軾盤桓不忍去表曰行矣何處不相見軾曰公能不遠千里相從乎表笑曰佛言生正信家千里從公無不可者然吾蓋未也已而果無恙至六年乃寂是歲軾在錢塘夢表若告別者又十五年其徒法用以其所作偈頌及塔記相示乃書其末

書黃魯直李氏傳後

譬語必極切當明快是熟讀請經得來

陶石簣曰說法從蓮華喻品來

真見本來

無所厭離何從出世無所欣慕何從入道欣慕之至亡子見父厭離之極孵鷄出湯不極不至心地不淨如飯中沙與飯皆熟若不含糊與飯俱嚥即須吐出與沙俱棄善哉佛子作清淨飯淘米去沙終不能盡不如即用本所自種元無沙米此米無沙亦不受沙非不受也無受處故

王聖俞曰精語

又曰更進

王聖俞曰道中不涉諸趣由趣乃以入道此為中人以下方便說法在上乘則不須也

東坡禪喜集六目

記

大悲閣記

東坡禪喜集六目

楼迂齋曰看拈起一種甚麼話頭便被他對付了觀此文如生蛇活虎不惟義理通徹亦是佛書精熟所謂信手拈來物物真者

王聖俞曰脫去陳骸自標形神

東坡禪喜集六

記

大悲閣記

陶石簣曰晁楞嚴入流亡所一段注疏亦是易無思也一段注疏長公勘破此意便爾玩世

大悲者觀世音之變也觀世音由聞而覺始於聞而能無所聞始于無所聞而能無所不聞能無所聞雖無身可也能無所不聞雖千萬億身可也而況于手與目乎雖然非無身無以舉千萬億身之衆非千萬億身無所示無身之至故

頭與身豈又渡二

王聖俞曰參玄如參獄案參得透時翻覆如意

散而為千萬億身聚而為八萬四千母陁羅臂八萬四千清淨寶目其道一爾（王聖俞曰自佛引入人事）昔吾甞觀于此吾頭髮不可勝數而身毛孔亦不可勝數牽一髮而頭為之動拔一毛而身為之變然則髮皆吾頭而毛孔皆吾身也彼皆吾頭而不能為頭之用彼皆吾身而不能具身之智則物有以亂之矣吾將使世人左手運斤而右手執削目數飛鴈而耳節鳴鼓首肯旁人而足識梯級雖有

樓迂齋曰自起頭至此宛轉分明變態百出更不曾有剩語

智者有所不暇矣而況千手異執而千目各視乎及吾燕坐寂然心念凝默湛然如大明鏡人鬼鳥獸雜陳乎吾前色聲香味交遘乎吾體心雖不起而物無不接接必有道即千手之出千目之運雖未可得見而理則具矣彼佛菩薩亦然雖一身不成二佛而一佛能遍河沙諸國非有他也觸而不亂至而能應理有必至而何獨疑于大悲乎成都西南大都會也佛事最勝而

又曰自人身復歸于佛

大悲之像未睹其傑有法師敏行者能讀内外
教愽通其義欲以如幻三昧爲一方首乃以大
旃檀作菩薩像端嚴妙麗具慈愍性手臂錯出
開合捧執指彈摩拊于態具備手各有目無妄
舉者復作大閣以覆菩薩雄偉壯峙工與像稱
都人作禮因敬生悟余游于四方二十餘年矣
雖未得歸而想見其處敏行使其徒法震乞文
爲道其所以然者且頌之曰

筆如塑工

一心可貫萬事
二心不能應一事
理自爾々

吾觀世間人兩目兩手臂物至不能應狂惑失所措其有欲應者顛倒作思慮思慮非真實無異無手目菩薩千手目與一手目同物至心亦至曾不作思慮隨其所當應無不得其當引弓挾白羽劍盾諸械杷經卷及香華盂水青楊枝珊瑚大寶炬白拂朱藤杖所遇無不執所執無有疑緣何得無疑以我無心故若猶有心者千手當千心一人而千心內自相攫攘何暇能應

錢文登曰言之是佛

王聖俞曰敘致璀璨而玄理自呈所謂象教者也

物千手無一心手手得其處稽首大悲尊願度
一切衆皆證無心法皆具千手目

勝相院經藏記

元豐三年歲在庚申有大比丘惟簡號曰寶月
修行如幻三摩鉢提在蜀成都大聖慈寺故中
和院賜名勝相以無量寶黃金丹砂琉璃真珠
旃檀衆香莊嚴佛語及菩薩語作大寶藏湧起
于海有大天龍背負而出及諸小龍糾結環繞

又曰佛教惟寂至于思議不參而及借莊嚴色相以顯其趣此記學彼法中語全似

諸化菩薩及護法神鎮守其門天魔鬼神各執其物以禦不祥是諸衆寶及諸佛子光色聲香自相磨激璀璨芳郁玲瓏宛轉生出諸相變化無窮不假言語自然顯見苦空無我無量妙義凡見聞者隨其根性各有所得如衆飢人入于太倉雖未得食已有飽意又如病人遊于藥市聞衆藥香病自衰減更能取米作無碍飯恣食取飽自然不飢又能取藥以療衆病衆病有盡

而藥無窮須臾之間無病可療以是因緣度無
量衆時見聞者皆爭施舍富者出財壯者出力
巧者出技皆捨所愛及諸結習而作佛事求脱
煩惱濁惡苦海有一居士其先蜀人與是比丘
有大因緣去國流浪在江淮間聞是比丘作是
佛事即欲隨衆捨所愛習周視其身及其室廬
求可捨者了無一物如焦穀芽如石女兒乃至
無有毫髮可捨私自念言我今惟有無始已來

李贄

按王荊公居鍾山一日於客處得此記展誦于風簷之下喜見鬚眉曰子瞻人中龍也然有一字未要客請聞之公曰日勝日貧不若日勝日負坡公聞之拊掌大笑以為知已

結習口業妄言綺語論說古今是非成敗以是業故所出言語猶如鐘磬黼黻文章悅可耳目如人善博日勝日負自云是巧不知是業今捨此業作寶藏偈願我今世作是偈已盡未來世永斷諸業塵緣妄想及諸理障一切世間無取無捨無憎無愛無可無不可時此居士稽首西望而說偈言

王醒命曰精語

一作客塵

我遊衆寶山見山不見寶岩谷及草木虎豹諸

如魚飲水冷煖自知也

龍蛇雖知寶所在欲取不可得復有求寶者自
言已得寶見寶不見山亦未得寶故譬如夢中
人未嘗知是夢旣知是夢已所夢卽變滅見我
不見夢因以我爲覺不知眞覺者覺夢兩無有
我觀大寶藏如以蜜說甜衆生未驗故復以甜
說蜜甜蜜更相說千劫無窮盡自蜜及甘蔗查
棃與橘柚說甜而得酸以及鹹辛苦忽然反自
味舌根有甜相我爾默自知不煩更相說我今

說此偈于道亦云遠。如眼根自見是眼，非我有當有無耳人聽此，非舌言於一彈指頃洗我千劫罪。

虔州崇慶禪院新經藏記

如來得阿耨多羅三藐三菩提，曰以無所得故而得。舍利弗得阿羅漢道，亦曰以無所得故而得。如來與舍利弗若是同乎？曰：何獨舍利弗，至于百工賤技，承蜩意鉤，履狶畫墁，未有不同者

譬喻無不切當明快心口了然

也夫道之大小雖至于大菩薩其視如來猶若天淵然及其以無所得故而得則承蜩意鉤履狶畫墁未有不與如來同者也以吾之所知推至其所不知嬰兒生而導之言稍長而教之書口必至于忘聲而後能言手必至于忘筆而後能書此吾之所知也口不能忘聲則語言難于屬文手不能忘筆則字畫難于刻雕及其相忘之至則形容心術酬酢萬物之變忽然而不自

知也自不能者而觀之其神智妙達不旣超然
與如來同乎故金剛經曰一切賢聖皆以無爲
法而有差别以是爲技則技疑神以是爲道則
道疑聖古之人與人皆學而獨至于是其必有
道矣吾非學佛者不知其所自入獨聞之孔子
曰詩三百一言以蔽之曰思無邪夫有思皆邪
也善惡同而無思則土木也云何能使有思而
無邪無思而非土木乎嗚呼吾老矣安得數年

之暇托于佛僧之宇盡發其書以無所思心會
如來意庶幾于無所得故而得者謫居惠州終
歲無事宜若得行其志而州之僧舍無所謂經
藏者獨榜其所屋室曰思無邪齋而銘之致其
志焉始吾南遷過虔州與通守承議郎俞君括
游一日訪廉泉入崇慶院觀寶輪藏君曰是于
江南壯麗爲第一其費二千餘萬前長老曇秀
始作之幾于成而寂今長老惟湜嗣成之奔走

二老之間勸導經營銖積寸累十有六年而成者僧知錫也子能愍此三士之勞以一言記之乎吾蓋心許之俞君傳學能文敏于從政而恬於進取數與吾書欲棄官相從學道自虔罷歸道病卒于廬陵虔之士民有巷哭者吾亦爲出涕故作此文以遺湜錫并論孔子思無邪之意與吾有志無書之歎使刻于石且與俞君結未來之因乎紹聖二年五月二十七日記

此論施捨真中不捨人心事求捨人病根至當至快

廣州資福寺羅漢閣碑記

衆生以愛故入生死由於愛境有逆有順而生喜怒造種種業展轉六趣至千萬刼本所從來唯有一愛更無餘病佛大醫王對病爲藥唯有一捨更無餘藥常以此藥而治此病如水救火應手當滅云何衆生不滅此病是導師過非衆生咎何以故衆生所愛無過身體父母有疾割肉刺血初無難色若復隣人從其求乞一爪一

髮終不可得有二導師其一淸凈不入諸相能
知衆生生死之本能使衆生了然見知不生不
死出輪迴處是處安樂堪永依怙無異父母支
體可捨而況財物其一導師以有爲心行有爲
法縱不求利卽自求名譬如隣人求乞爪髮終
不可得而況肌肉以此觀之愛吝不捨是導師
過設如有人無故取米投坑穽中見者爲恨若
以此米施諸鳥雀見者皆喜鳥雀無知受我此

施何異坑穽而人自然有喜有慍如使導師有心有爲則此施者與棄何異以此觀之愛吝不捨非衆生咎四方之民皆以勤苦而得衣食所得毫末其苦無量獨此南越嶺海之民貿遷重寶坐獲富樂得之也易享之也愧是故其人以愧故捨海道幽險死生之間曾不容髮而況飄墮羅刹鬼國呼號神天佛菩薩僧以脫須臾當此之時身非己有而況財物實同糞土是故其

是箇能受施者

人以惧故捨愧惧二法助發善心是故越人輕施樂捨甲于四方東莞古邑資福禪寺有老比丘祖堂其名未嘗戒也而律自嚴未嘗求也而人自施人之施堂如物在衡損益銖黍了然覺知堂之受施如水涵影雖千萬過無一留者堂以是故創作五百大阿羅漢嚴爭寶閣涌地千柱浮空三成壯麗之極實冠南越東坡居士見聞隨喜而說偈言

五百大士棲此城南珠大貝皆東傾衆心回春
栢再榮鐵林東來閣乃成寳骨未到先通靈赤
蛇白璧珠夜明三十襲吉誰敢爭層簷飛空俯
日星海波不摇颶無聲天風徐來韻流鈴一洗
瘴霧氷雪清人無南北壽且寧

薦誠禪院五百羅漢記

熈寧十年余方守徐州聞河決澶淵入巨野首
灌東平吏民恟懼不知所爲有僧應言建策鑿

清泠曰道積水北入于古廢河又北東入于海吏方持其議言強力辯曰慨然論可決狀甚明吏不能奪卒以其言決之水所入如其言東平以安言有力焉衆欲爲請賞言笑謝去余固異其人後二年移守湖州而言自鄆來見余於官曰吾鄆人也少爲僧以講爲事始錢公子飛使吾創精舍于鄆之東阿北新橋鎮且造鐵浮屠十有三級高伯二十尺既成而趙公叔平請諸

是箇能幹辦者

其意全不爲言而發

朝名吾院曰薦誠歲度僧以守之今將造五百羅漢像於錢塘而載以歸度用錢五百萬自丞相潞公以下皆吾檀越也余于是益知言眞有過人者又六年余自黄州遷於汝過宋而言適在焉曰像已成請爲我記之嗚呼士以功名爲貴然論事易作事難作事易成事難使天下士皆如言論必作作必成者其功名豈少哉其可不爲一言

非祖飛後身烏
淂時有感應乃
爾

應夢羅漢記

元豐四年正月二十一日，余將往岐亭，宿于團封。夢一僧破面流血，若有所訴。明日至岐亭，過一廟，中有阿羅漢像，左龍右虎，儀制甚古，而面為人所壞。顧之惘然，庶幾疇昔所見乎？遂載以歸院。新而龕之，設于安國寺。四月八日，先妣武陽君忌日，飯僧于寺，乃記之。

黄州安國寺記

元豐二年十二月余自吳興守得罪上不忍誅以爲黃州團練副使使思過而自新焉其明年二月至黃舍館粗定衣食稍給閉門却掃收召魂魄退伏思念求所以自新之方反觀從來舉意動作皆不中道非獨今之所以得罪者也欲新其一恐失其二觸類而求之有不可勝悔者於是喟然歎曰道不足以御氣性不足以勝習不鋤其本而耘其末今雖改之後必復作盍歸

仍是無罪名曰思過却得禪味固知焚香嘿坐大有功

誠佛僧求一洗之得城南精舍曰安國寺有茂林修竹陂池亭榭間一二日輒往焚香默坐深自省察則物我相忘身心皆空求罪始所從生而不可得一念清淨染汙自落表裏翛然無所附麗私竊樂之旦往而暮還者五年于此矣寺僧曰繼連爲僧首七年得賜衣又七年當賜號欲謝去其徒與父老相率留之連笑曰知足不辱知止不殆卒謝去余以是媿其人七年余將

有臨汝之行連日寺未有記具石請記之余不得辭寺立于僞唐保大二年始名護國嘉祐八年賜今名堂宇齋閣連皆易新之嚴麗深穩悅可人意至者忘歸歲正月男女萬人會庭中飲食作樂且祠瘟神江淮舊俗也四月六日汝州團練副使員外置眉山蘇軾記

方丈記

年月日住持傳法沙門惟謹重建方丈上祝天

子萬壽永作神主歛時五福敷錫庶民地獄天宮同爲凈土有性無性齊成佛道

南華長老題名記

學者以成佛爲難乎累土畫沙童子戲也皆足以成佛以爲易乎受記得道如菩薩大弟子皆不任問疾是義安在方其迷亂顛倒流浪苦海之中一念正眞萬法皆具及其勤苦功用爲山九仞之後毫釐差失千刼不復嗚呼道固如是

舌根顛倒良知偽學皆不能飾

也豈獨佛乎子思子曰夫婦之不肖可以能行焉及其至也雖聖人亦有所不能焉孟子則以爲聖人之道始於不爲穿窬而穿窬之惡成於言不言人未有欲爲穿窬者雖穿窬亦不欲也自其不欲爲之心而求之則穿窬足以爲聖人可以言而不言不可以言而言雖賢人君子有不能免也曰其不能免之過而遂之則賢人君子有時而爲盜是二法者相反而相爲用儒與

釋皆然南華長老明公其始蓋學於子思孟子者其後棄家爲浮屠氏不知者以爲逃儒歸佛不知其猶儒也南華自六祖大鑒示滅其傳法得眼者散而之四方故南華爲律寺至吾宋天禧三年始有詔以智度禪師普遂住持至今明公蓋十一世矣明公告東坡居士曰宰官行世間法沙門行出世間法世間即出世間等無有二今宰官傳授皆有題名壁記而沙門獨無有

矧吾道場實補佛祖處其可不嚴其傳子爲我記之居士曰諾乃爲論儒釋不謀而同者以爲記

觀妙堂記

不憂道人謂歡喜子曰來我所居室汝知之乎沈寂湛然無有喧爭嶅然其中焱灰槁木以異而同我既名爲觀妙矣汝其爲我記之歡喜子曰是室云何而求我況乎妙事了無可觀既無

可觀亦無可說欲求少分可以觀者如石女兒終無有欲求多分可以說者如虛空花究竟非實不說不觀了達無礙超出三界入智慧門雖然如是置之不可執偏強生分別以一味語斷之無疑譬用筌蹄以得魚兎及施燈燭以照丘坑獲魚兎矣筌蹄了忘如丘坑處燈燭何施今此居室孰爲妙與蕭然是非行住坐卧飲食語默具足衆妙無不現前覽之不有覩之不無倏

一作之

知覺知要妙如此當持是言普示來者入此室時作如是觀

法雲寺禮拜石記

夫供養之具最爲佛事先其法不一他山之石平不容垢横展如席願爲一座具之用晨夕禮佛以此皈依當敬禮無所觀時運心廣博無所不在天上人曰以至地下悉觸智光聞我佛修道時芻泥巢頂雹佛氣分後皆受報則禮佛也

其心實重有德者至是禮也願一拜一起無過父母乘此願力不墮三塗佛力不可盡否不可盡願力不可盡三者既不可盡二親獲福生生世世亦不可盡今對佛宜白惟佛實臨之

靜常齋記

虛而一直而正萬物之生芸芸此獨漠然而自定吾其命之曰靜泛而出溯而藏萬物之逝滔滔此獨且然而不忘吾其命之曰常無古無今

無生無死無終無始無後無先無我無人無能
無否無離無着無證無脩卽是以觀非愚則癡
舍是以求非病則狂昏昏默默了不可得混混
沌沌茫不可論雖有至人亦不可聞聞爲真聞
亦不可知知爲真知是猶在聞見之域而不足
以髣髴況緣迹逐響以希其至不亦難哉旣以
是爲吾號又以是爲吾室則有名之累吾何所
逃然亦趨寂之指南而求道之鞭影乎

自以爲浮屠語然寔是漆園一派文章耳

清風閣記

文慧大師應符居成都玉谿上爲閣曰清風以書來求文爲記五返而益勤余不能已戲爲浮屠語以問之曰符而所謂身者汝之所寄也而所謂閣者汝之所以寄所寄也身與閣汝不得有而名烏乎施名將無所施而安用記乎雖然我爲汝放心遺形而強言之汝亦放心遺形而強聽之木生于山水流于淵山與淵且不得有

一篇主意在此淂力処在此李卓吾曰此後欠婉轉正在此處着力乃妙

而人以爲巳有不亦惑與天地之相磨虛空與有物之相推而風於是焉生執之而不可得也逐之而不可及也汝爲居室而以名之吾又爲汝記之不亦大惑與雖然世之所謂巳有而不惑者其與是奚辨若是而可以爲有耶則雖汝之有是風可也雖爲居室而以名之吾又爲汝記之可也非惑也風起于蒼茫之間彷徨乎山澤激越乎城郭道路虛徐演漾以汎汝之軒窻

此記事語俱奇至後段板甚山谷遂引之爲禪門佳話而舊集禪喜者不録之不可解
李卓吾曰趣

欄楯幔帷而不去也汝隱几而觀之其亦有得乎力生于所激而不自爲力故不勞形生于所遇而不自爲形故不窮嘗試以是觀之

四菩薩閣記

始吾先君於物無所好燕居如齋言笑有時顧嘗嗜畫弟子門人無以悅之則爭致其所嗜庶幾一解其顔故雖爲布衣而致畫與公卿等長安有故藏經龕唐明皇帝所建其門四達八版

皆吳道子畫陽爲菩薩陰爲天王凡十有六軀
廣明之亂爲賊所焚有僧忘其名於兵火中拔
其四版以逃既重不可負又迫於賊恐不能全
遂竅其兩版以受荷西奔於岐而寄死於烏牙
之僧舍版留於是百八十年矣客有以錢十萬
得之以示軾者軾歸其直而取之以獻諸先君
先君之所嗜百有餘品一旦以是四版爲甲治
平四年先君沒於京師軾自汴入淮泝于江載

王聖俞曰長公愛道子畫爲障而對惟簡語甚奇

是四版以歸既免喪所嘗與往來浮屠人惟簡誦其師之言教軾爲先君捨施必所甚愛與所不忍捨者軾用其說思先君之所甚愛軾之所不忍捨者莫若是版故遂以與之且告之曰此明皇帝之所不能守而焚於賊者也而況於余乎余視天下之蓄此者多矣有能及三世者乎其始求之若不及既得惟恐失之而其子孫不以易衣食者鮮矣余惟自度不能長守此也是

以與子子將何以守之簡曰吾以身守之吾眼可霍吾足可斮吾畫不可奪若是足以守之歟軾曰未也足以終子之世而已簡曰又盟於佛而以鬼守之凡取是者與凡以是予人者其罪如律若是足以守之歟軾曰未也世有無佛而蔑鬼者然則何以守之曰軾之以是予子者凡以爲先君捨也天下豈有無父之人歟其誰忍取之若其聞是而不悛不惟一觀而已將必取

李卓吾曰妙

罵極矣豈貪夫俗子猶燒琴煮鶴耶

語更有深解非僅謂守畫板耳

之然後爲快則其人之賢愚與廣明之焚此者一也全其子孫難矣而况能久有此乎且夫不可取者存乎子取不取者存乎人子勉之矣爲子之不可取者而已又何知焉既以予簡簡以錢百萬度爲大閣以藏之且畫先君像其上軾助錢二十之一期以明年冬閣成熙寧元年十月二十六日記

又曰妙

又曰趣

大悲閣記

此發明有爲之法亦甚辨而舊本不録當因成都一記其名同而誤刪之耳

羊豕以爲羞五味以爲和秫稻以爲酒麴糵以作之天下之所同也其材同其水火之齊均其寒煖燥濕之候一也而二人爲之則美惡不齊豈其所以美者不可以數取歟然古之爲方者未甞遺數也能者即數以得妙不能者循數以得其畧其出一也有能有不能而精粗見焉人見其二也則求精於數外而棄迹以逐妙曰我知酒食之所以美也而畧其分齊捨其度數以

未免宋人習氣在

爲不在是也而一以意造則其不爲人之所嘔棄者寡矣今吾學者之病亦然天文地理音樂律曆宮廟服器冠昏喪紀之法春秋之所去取禮之所可刑之所禁歷代之所以廢與與其人之賢不肖此學者之所宜盡力也曰是皆不足學學其不可載於書而傳於口者子夏曰日知其所亡月無忘其所能可謂好學也已古之學者其所亡與其所能皆可以一二數而月月見

也如今世之學其所亡者果何物而所能者果何事歟孔子曰吾嘗終日不食終夜不寢以思無益不如學也由是觀之廢學而徒思者孔子之所禁而今世之所上也豈惟吾學者至於爲佛者亦然齋戒持律講誦其書而崇飾塔廟此佛之所以日夜教人者也而其徒或者以爲齋戒持律不如無心講誦其書不如無言崇飾塔廟不如無爲其中無心其口無言其身無爲則

據此等解以自誤〻人儒釋皆然不知者且謂此上乘解人即彼亦自高為標目謂難與俗人言也却被坡以一口喝破

飽食而嬉而已是爲大以欺佛者也杭州鹽官安國寺僧居則自九歲出家十年而得惡疾且死自誓於佛願持律終身且造千手眼觀世音像而誦其名千萬遍已而力不給則縮衣節口三十餘年銖積寸累以迄於成其高九仞爲大屋四重以居之而求文以爲記余嘗以斯言告東南之士矣蓋僅有從者獨喜則之勤苦從事於有爲篤志守節老而不衰異夫爲大以欺佛

者。故爲記之。且以風吾黨之士云。

東坡禪喜集七目

序

送錢塘僧思聰歸孤山序

東坡禪喜集七月

陶石簣曰一六誠明定慧諸解都不從人間来至淂道淺深之候一語眞醒諦也長公造語近諧却有至理
李卓吾曰好

東坡禪喜集七

序

送錢塘僧思聰歸孤山叙

天以一生水地以六成之一六合而水可見雖有神禹不能知其孰爲一孰爲六也子思子曰自誠明謂之性自明誠謂之教誠則明矣明則誠矣誠明合而道可見雖有黄帝孔丘不能知其孰爲誠孰爲明也佛者曰戒生定定生慧慧

妙手快筆聽其轉翻不必入理不入理也

獨不生定乎伶玄有言慧則通通則流是焉知
真慧哉醉而狂醒而止慧之生定通之不流也
審矣故夫有目而自行則褰裳疾走常得大通
無目而隨人則車輪曳踵常仆坑穽慧之生定
速于定之生慧也錢塘僧思聰七歲善彈琴十
二捨琴而學書書旣工十五捨書而學詩詩有
奇語遂讀華嚴經入法界海慧今年二十有九
老師宿儒皆愛敬之秦少游取楞嚴觀世音語

似此僧書與詩當佳而於道猶隔

王聖俞曰更深

字之曰聞復使聽日進而不已自聞思修以至于道則華嚴法界海慧盡爲蘧廬而況書詩與琴乎雖然古之學道無自虛空入者輪扁斲輪傴僂承蜩苟可以發其巧智物無陋者聽若得道琴與書皆與有力詩其尤也聽能如水鏡以一含萬則書與詩當益奇吾將觀焉以爲聽得道淺深之候

王聖俞曰坡公倅杭州時曾令聰和參寥係字詩後聰挾琴游梁日登中貴門久之遂還俗爲御前使臣則聰之得道淺耶深耶

東坡禪喜集八目

傳

僧圓澤傳

東坡禪喜集八目

李卓吾曰事奇

東坡禪喜集八

傳

僧圓澤傳

洛師惠林寺故光祿卿李憕居第祿山陷東都憕以居守死之子源少時以貴游子豪侈善歌聞于時及憕死悲憤自誓不仕不娶不食肉居寺中五十餘年寺有僧圓澤富而知音源與之游甚密促膝交語竟日人莫能測一日相約游

一不可一嘿然
各見其品其識

多此一泣未免
粘帶在

蜀青城峨眉山源欲自荆州泝峽澤欲取長安斜谷路源不可曰吾已絶世事豈可復道京師哉澤默然久之曰行止固不由人遂自荆州路舟次南浦見婦人錦襠負甖而汲者澤望而泣曰吾不欲由此者爲是也源驚問之澤曰婦人姓王氏吾當爲之子孕三歲矣吾不來故不得乳今旣見無可逃者公當以符咒助我速生三日浴見時顧公臨我以笑爲信後十三年中秋

多此一悲未免粘带在

多此一慙未免粘带在

月夜杭州天竺寺外當與公相見源悲悔而爲具沐浴易服至暮澤亡而婦乳三日往視之兒見源果笑具以語王氏出家財葬澤山下源遂不果行反寺中問其徒則旣有治命矣後十二年自洛適吳赴其約至所約聞葛洪川畔有牧童扣牛角而歌之曰三生石上舊精魂賞月吟風不要論慙愧情人遠相訪此身雖異性長存呼問澤公健否荅曰李公眞信士然俗緣未盡

多此一惡未死
粘帶在

慎勿相近惟勤修不墮乃復相見又歌曰身前身後事茫茫欲話因緣恐斷腸吳越山川尋已遍却回煙棹上瞿唐遂去不知所之後二年李德裕奏源忠臣子薦孝拜諫議大夫不就竟歿寺中年八十

東坡禪喜集九目

文

東坡禪喜集九目

先引二証佐文亦奇

王聖俞曰不言五者渾雅

東坡禪喜集九

文

南華長老重辯師逸事

契嵩禪師常瞋人未嘗見其笑海月慧辯師常喜人未嘗見其怒予在錢塘親見二人皆趺坐而化嵩既茶毘火不能壞益薪熾火有終不壞者五海月比葬面如生且微笑乃知二人以瞋喜作佛事也世人視身如金玉不旋踵爲糞土

又曰引事本起下南華改棺事故須著此數語涵泳

又曰改棺句是主意

至人反是余以是知一切法以愛故壞以捨故常在豈不然哉予遷嶺南始識南華重辯長老語終日知其有道也予自海南還則辯已寂久矣過南華弔其衆問塔墓所在衆曰我師昔作壽塔南華之東數里有不悅師者塟之別墓既七百餘日矣今長老明公獨奮不顧發而歸之壽塔改棺易衣舉體如生衣皆鮮芳衆乃大服東坡居士曰辯視身爲何物棄之尸陀林以飼

具眼

烏烏何有安以壽塔爲明公知辨者特欲以化
服同異而已乃以茗果奠其塔而書其事以遺
其上足南華塔主可興師時元符三年十二月
十九日。王聖俞曰禪家言體不化面如生者甚多總亦有所附會且至于死則衆流歸盡是屍之着實何足言惟得東坡文差可死耳

好調停法

祭龍井辯才文

嗚呼孔老異門儒釋分宮又于其間禪律相攻
我見大海有北南東江河雖殊其至則同雖大
法師自戒定通律無持破垢浄皆空講無辯訥

事理皆融如不動山如常撞鍾如一月水如萬竅風八十一年生雖有終遇物而應施則無窮我初適吳尚見五公講有辯臻禪有璉嵩後二十年獨餘此翁今又往矣後生誰宗道俗欷歔山澤改容誰持一盃往吊井龍我去抗時白叟黄童要我復來已許于中山無此老去將安從噫參寥子往奠必躬豈無他人莫寫我胸

捨銅龜子文

李卓吾曰趣

寸水烱波

蘇州報恩寺重造古塔諸公皆捨所藏舍利予無舍利可捨獨捨盛舍利者敬爲四恩三有捨之故人王頤爲武功宰長安有修古塔者發舊塹得之以遺余余以藏私印成壞者有形之所不免而以藏舍利則可以久存藏私印或以速壞貿舍利而賤私印樂久存而悲速壞物豈有是哉余其并是捨之

東坡禪喜集十目

疏

東坡禪喜集十目

東坡禪喜集十

疏

請凈慈法涌禪師入都疏

京師禪學之盛發于本秀二公本既還山秀復入寂駙馬都尉張君子來聘法涌繼揚宗風東坡居士適在錢塘實爲敦勸太丘道廣廣則難周仲舉性峻峻則少通法涌童子晝沙已具佛智維摩無語猶涉二門雖吾先師不異是說質

世界如此等人多矣安得人人訶之以為快

之孔孟蓋有成言不爲穿窬仁義不可勝用愽施濟衆堯舜其猶病諸我願法涌廣大慈悲印宗仁得仁之侶深嚴峻峙訶未證謂證之人本自不然伏惟珍重

重請戒長老住石塔疏

大士未曾說法誰作金毛之聲衆生各自開堂何關石塔之事去無作相住亦隨緣長老戒公開不二門施無盡藏念西湖之久別本是偶然

佳句

爲東坡而少畱無不可者一時作禮重聽白椎渡口船回依舊空山之色秋來雨過一新鍾鼓之音

東坡禪喜十　二

東坡禪喜集十一目

雜文

東坡禪喜集十一目

供石既趣供石而作文復趣而文更趣
王聖俞曰議論勝自是宋文而指趣則清雅

東坡禪喜集十一

雜文

怪石供

禹貢青州有鉛松怪石解者曰怪石石似玉者今齊安江上往往得美石與玉無辨多紅黃白色其文如人指上螺精明可愛雖巧者以意繪畫有不能及豈古所謂怪石者耶凡物之醜好生于相形吾未知其果安在也使世間石皆若

又曰生議論

又曰事不同而理同凡悟後引証皆如此

此則今之凡石覆爲怪矣海外有形語之國口不能言而相喻以形其以形語也捷于口使吾爲之不已難乎故夫天機之動忽焉而成而人眞以爲巧也雖然自禹以來怪之矣齊安小兒浴于江時有得之者戲以餅餌易之旣久得二百九十有八枚大者兼寸小者如棗栗菱芡其一如虎豹有口鼻眼處以爲羣石之長又得古銅盆一枚以盛石挹水注之粲然而廬山歸宗

王聖俞曰此句冷雋妙絕

又曰陡接

王聖俞曰：因供參寥，故有作此文，却借佛印刻。

佛印禪師適有使至遂以爲供禪師嘗以道眼觀一切世間混淪空洞了無一物雖夜光尺璧與瓦礫等而況此石雖然願受此供灌以墨池水強爲一唄使自今巳往山僧野人欲供禪師而力不能辦衣服飲食臥具者皆得以淨水注石爲供蓋自蘇子瞻始

陶石簣曰：戲笑說法，頑石亦應點頭。

後怪石供

蘇子既以怪石供佛印佛印以其言刻諸石蘇

石起本又假參寥之言引入純用虛機須是醍醐

供餅有文佛印亦刻之矣

袁石公曰供幻受亦幻刻亦幻文亦幻

些些小事裝出許多大議論增出許多大韻致來

子聞而笑曰是安所從來哉予以餅易諸小兒
者也以可食易無用予既足笑矣彼又從而刻
之今以餅供佛印佛印必不刻也石與餅何異
參寥子曰然供者幻也受者亦幻也刻其言者
亦幻也夫幻何適而不可舉手而示蘇子曰拱
此而揖人人莫不喜戟此而詈人人莫不怒同
是手也而喜怒異世未有非之者也子誠知拱
戟之皆幻則喜雖存而根亡刻與不刻無不可

王聖俞曰妙喻

記數更趣亦作文法也

者蘇子大笑曰子欲之耶乃亦以供之凡二百五十并二石槃云

王聖俞曰結處指寔

東坡禪喜十一　三

東坡禪喜集十二目

書

東坡禪喜集十二目

范公雖方語亦有致
李卓吾曰有趣
王聖俞曰此朱子所譏抱薪救火

東坡禪喜集十二

書

荅范蜀公書

承別紙示諭麴蘖有毒平地生出醉鄉土偶作祟眼前妄見佛國公欲哀而救之問所以救者小子何人固不敢妄對公方立仁義以爲城池操詩書以爲干楯則舟中之人盡爲敵國雖公盛德小子亦未知勝負所在願公宴坐靜室常

范欲闢佛乃更以禪語詰之

作是念當觀彼能惑之性安所從生又觀公欲救之心作何形段此猶不立彼復何依雖黃面瞿曇亦須斂衽而况學之者耶聊復信筆以發公千里一笑而已

陳眉公曰新詞巧意疊疊迭出

荅畢仲舉書

所云讀佛書及合藥救人二事以爲閑居之賜甚厚佛書舊亦常看但闇塞不能通其妙獨時取其麤淺假說以自洗濯若農夫之去草旋去

欲救學佛之范
既以佛語詰之
勸讀佛書之畢
又以浪語答之
蘇公强口自負
乃爾

旋生雖若無益然終愈於不去也若世之君子所謂超然玄悟者僕不識也往時陳述古好論禪自以爲至矣而鄙僕所言爲淺陋僕嘗語述古公之所談譬之飲食龍肉也而僕之所學猪肉也猪之與龍則有間矣然公終日說龍肉不如僕之食猪肉食美而眞飽也不知君所行於佛書者果何耶爲出生死超三乘遂作佛乎抑尚與僕輩俯仰也學佛老者本期於靜而達靜

似懶達似放學者或未至其所期而先得其所似不爲無害僕常以此自疑故亦以爲獻來書云處世得安穩無病粗衣飽飯不造寃業乃爲至足三復斯言感歎無窮世人所作舉足動念無非是業不必刑殺無罪取非其有然後爲寃業也無緣面論以當一笑而已

答參寥書

淨慧琳老及諸僧至因見致懇知爲黙禱於佛

李卓吾曰吁孰知其正難調伏也哉

此中頗多禪解舊本乃不録當因脩養帖三字而誤以爲道家

令亟還中州甚荷至意自揣省事以來亦粗爲知道者但道必數起數爲世樂所移奪恐是諸佛知其難化故以萬里之行相調伏耳少游不憂其不了此境但得他老兒不動懷其餘不足云也

修養帖寄子由

任性逍遥隨緣放曠但盡凡心別無勝解以我觀之凡心盡處勝解卓然但此勝解不屬有無

事耳六大情々

王聖俞曰東坡之于禪襲取耳觀此篇執捉尋索伎倆盡露矣然正可資吾輩商量

不通言語故祖師教人到此便住如眼翳盡眼自有明醫師只有除翳藥何曾有求明藥明若可求即還是翳固不可於翳中求明即不可言翳外無明而世之昧者便將頹然無知認作佛地若如此是佛猫兒狗兒得飽熟睡腹摇鼻息與土木同當恁麼時可謂無一毫思念豈謂猫狗已入佛地故凡學者觀妄除愛自粗及細念念不忘會作一日得無所住弟所教我者是如

又曰娑羅園詩云亂礫泥沙盡存佛性此語可參

此否因見二偈警策孔君不覺聳然更以聞之書至此墻外有悍婦與夫相毆詈聲飛灰火如猪嘶狗嘷因念他一點圓明正在猪嘶狗嘷裏面譬如江河鑒物之性長在飛砂走石之中尋常靜中推求常患不見今日鬧裏忽捉得些子

元豐六年三月二十五日

東坡禪喜集十三目

雜志

凡七則

東坡禪喜集十三目

此數則皆東坡志林中若于禪大有關會而舊本卻不知錄何也

東坡禪喜集十三

雜志

近讀六祖壇經指說法報化三身使人心開目開然尚少一喻試以喻眼見是法身能見是報身所見是化身何謂見是法身眼之見性非有非無無眼之人不免見黑眼枯睛亡見性不滅故云見是法身何謂能見是報身見性雖存眼根不具則不能見若能安養其根不爲物障常

說法洞了非有慧性有根器豈遽能爾

使光明洞徹見性乃全故云能見是報身何謂所見是化身根性既全一彈指頃所見千萬縱橫變化俱是妙用故云所見是化身此喻既立三身愈明如此是否

觀音經云呪咀諸毒藥所欲害身者念彼觀音力還着於本人東坡居士曰觀音慈悲者也今人遭呪咀念觀音之力而使還着於本人則豈觀音之心哉今改之曰呪咀諸毒藥所欲害身

雖涉戲却平等

者念彼觀音力兩家總沒事
泗洲大聖僧伽傳云和尚何國人也又世云莫
知其所從來云不知何國人也近讀隋史西域
傳乃有何國予在惠州忽被命責儋耳太守方
子容自携告身來且弔予曰此固前定可無恨
吾妻沈素事僧伽謹甚一夕夢和尚告別沈問
所往答曰當與蘇子瞻同行後七十二日當有
命今適七十二日矣豈非前定乎余以謂事之

事奇亦是祖戒後身一証佐

王聖俞曰世之學佛者皆務深求之千蹊萬徑轉益迷悶東坡乃更淺求之淺求之以出其真味而後精深者有所依而立

前定者不待夢而知然乎何人也而和尚辱與同行得非夙世有少緣契乎

袁宏漢紀曰浮屠佛也西域天竺國有佛道焉佛者漢言覺也將以覺悟羣生也其教也以修善慈心爲主不殺生專務清淨其精者爲沙門沙門漢言息也蓋息意去欲歸於無爲又以爲人死精神不滅隨復受形生時善惡皆有報應故貴行修善道以煉精神以至無生而得爲佛

曰妙喻

也東坡居士曰此殆中國始知有佛時語也雖淺近大畧具足矣野人得鹿正爾煮食之耳其後賣與市人遂入公庖中饌之百方然鹿之所以美未有絲毫加於煮食時也

身如芭蕉心如蓮花百節疏通萬竅玲瓏來時一去時八萬四千此義出楞嚴世未有知之者也元符三年九月二十一日書贈都嶠邵道士

元符三年八月予在合浦有老人蘇佛兒來訪

爲下根人作佛事不得不如此

年八十二不飲酒食肉兩目爛然蓋童子也自言十二歲齋居修行無妻子有兄弟三人皆持戒念道長者九十二次者九十與論生死事頗有所知居州城東南六七里佛兒賣菜之東城見老人言即心是佛不在斷肉予言勿作此念衆人難感易流老人大喜曰如是如是

錢塘壽禪師本北郭稅務專知官每見魚蝦輒買放生以是破家後遂盜官錢爲放生之用事

即道家所謂忍辱鍊魔也

今世學人類此者多

發。主死領赴市矣吳越錢王使人視之若悲懼
如常人。即殺之否則捨之禪師淡然無異色乃
捨之。遂出家得法服淨禪師應以市曹得度故
菩薩乃現市曹以度之。學出生死法。得向死地
走這一遭。抵三十年修行吾竄逐海上去死地
稍近。當於此證阿羅漢果。
世人有見古德見桃花悟道者爭頌桃花便將
桃花作飯五十年轉没交涉正如張長史見擔

夫與公主爭路而得草書之氣欲學長史書便
曰就撍夫求之豈可得哉

東坡禪喜集十四目

禪喜紀事

凡三十二則

東坡禪喜集十四目

東坡禪喜集十四

禪喜紀事

蘇子由謫高安雲安時時相過有聰禪師亦蜀人一夕雲安夢同子由聰迓五祖戒禪師既覺語子由而聰亦至子由曰方與洞山說夢子今來同說夢乎聰曰夜來夢吾三人迎戒和尚子由曰世間果有同夢者久之東坡書至曰已至奉新旦夕相見三人喜出城而坡至則以語坡

別本有題曰南華長老寵示四頌事忙只還一偈

坡曰軾七八歲常夢是僧又先妣方孕時夢一僧來托宿及謫英州雲遣書至南昌坡引帋大書曰戒和尚又錯脫也後監玉局觀作偈荅南華長老曰惡業相纏四十年常行八棒十三禪（一作宿）卻着衲衣歸玉局自疑身是五通仙（一作可憐化作）冷齋夜話

蘇子瞻九日尋臻闍黎遂泛小舟至惠勤師院詩云白髮長嫌歲月侵病眸兼怕酒杯深南屏老宿閒相訪東閣郎君懶重尋試碾露芽烹白

雪休拈霜蕋嚼黃金扁舟又載平湖去欲訪孤山支道林西湖遊覽志餘
有室曰楞伽宋太子少保張安道自翰林學士出守滁州一日入瑯琊山藏院呼梯梯梁得木匣發而視之乃楞伽經也恍然覺其前身蓋知藏僧也寫楞伽經未終而化安道續書殘軸筆跡宛然如昔元豐末東坡居士蘇軾過南都安道出此經授軾且以錢三十萬使鏤板印施於

前已云鏤板此復云刻何也必有誤坡公自書楞伽經後止曰印施無前鏤板字當即即臨摹之謂耶

江淮間軾曰此經在他人猶爲希世之寶況於公乎請家藏爲子孫無窮之福金山童遊寺主僧了元謂軾曰印施有盡書而刻之則無盡矣軾乃留金山元請代書之使侍者曉機走錢塘求善工鏤板流傳四方乾道丙子主僧寶印即軾寫經處扁曰楞伽室

說郛 戴埴

風篁嶺多蒼筤篠簜風韻淒清至此林壑深沉迥出塵表流淙活活自龍井而下四時不絕嶺

故叢薄荒密元豐中僧辨才淬治潔楚名曰風篁蘇子瞻訪辨才龍井送至嶺上左右驚曰遠公過虎溪矣辨才笑曰杜子有云與子成二老來往亦風流遂作亭嶺上名曰過溪亦曰二老子瞻紀之詩云日月轉雙轂古今同一丘惟此鶴骨老凜然不知秋去住兩無礙人士爭挽畱去如龍出水雷雨捲潭湫來如珠還浦魚鼈爭騈頭此生暫寄寓常恐名實浮我比陶令媿師

有心人

行即到矣學道亦然

爲遠公優送我過虎谿溪水當逆流聊使此山人永記二老游大千在掌握寧有別離憂田汝成

東坡在惠州時其家居江浙以地遠無人致書爲憂有道人卓契順者慨然嘆曰惠州不在天上行即到矣因請書以行佛印因致書云常讀退之送李愿歸盤谷序愿不遇知於主上者猶能坐茂樹以終日子瞻中大科登金門上玉堂遠放寂莫之濱權臣忌子瞻爲宰相耳人生一

此等語豈凡僧所能耶

世間如白駒之過隙二三十年功名富貴轉盼成空何不一筆勾斷尋取自家本來面目萬劫常住永無墮落縱未得到如來地亦可以驂駕鸞鶴翶翔三島爲不死人何乃膠柱守株待入惡趣昔有問師佛法在甚麼處師云在行住坐卧處着衣吃飯處痾屎撒溺處沒理沒會處死活不得處子瞻胷中有萬卷書下筆無一點塵到這地位不知性命所在一生聰明要做甚麼

三世佛則是一個有血性的漢子子瞻若能脚下承當把三二十年富貴功名賤如泥土努力向前珍重珍重（錢世昭）

哲宗問左右蘇軾襯朝章者何服對曰道衣南行時帶一軸彌陀曰此軾生西方公據也（唾玉集）

子由誦楞嚴經悟一解六亡之義自言於此道更無礙然其作風痺詩乃有數盡吾則行未應墮冥漠之句則於理尚有礙也而東坡乃謂子

由聞道先我何耶東坡奉新別子由詩云何以解我憂粗了一事大哭遯兒詩云中年忝聞道夢幻講以詳故贈錢道人詩云首斷故應無斷者冰消那復有冰知主人苦苦令儂認認主人人竟是誰又云有主還須更有賓不如無鏡自無塵只從半夜安心後失卻當年覺痛人贈東林總老詩云溪聲便是廣長舌山色豈非清淨身夜來八萬四千偈他日如何舉似人如此善

他日如何又說內翰後坐處也

句雖宿老衲不能屈也詩話揔龜

東坡元豐末年得請歸耕陽羨舟次瓜步以書抵金山了元禪師曰不必出山當學趙州三等接人元得書徑來東坡迎笑問之以偈爲獻曰趙州當日少謙光不出山門見趙王爭似金山無量相大千都是一禪床（一作舍）東坡拊掌稱善詩話揔龜

東坡求龍井辨才師塔碑於黄門書云兄自覺譚佛不如弟今此文見欒城後集又天竺海月

祖戒即在此寺
即不然必有一
妄也

塔碑以拔與之游故銘云我不識師而知其心中事儒者談佛爲坡公所取惜火失其書翰蘇籀

錢塘西湖壽星寺老僧則廉言先生作郡倅日始與參寥子同登方丈即顧謂參寥曰某生平未嘗至此而眼界所視皆若素所經歷者自此上至懺堂當有九十二級遣人數之果如其言即謂參寥子曰某前身山中僧也今日寺僧皆吾法屬耳後每至寺即解衣盤礴久而始去則

廉時爲僧雛侍側每暑月袒露竹陰間細視公背有黑子若星斗狀世人不得見也即北山君謂顔魯公曰誌金骨記名仙籍是也
仲殊嗜蜜思聰嗜琴東坡詩所謂招得琴聰與蜜殊者是也仲殊善詞而小調尤勝如訴衷情詠西湖詠夏景風流藴藉不减少年然恐非蓮社本色也西湖遊覽志餘
雲閣黎者居寶山蘇子佐都游寶山偶入方丈

小院閴然有僧隱几低頭讀書與之語漠然不對問其鄰僧曰此雲闍黎也不出十五年矣不數月卒蘇子再往訪之吊以詩云雲師來寶山一住十五秋讀書常閉戶客至不舉頭去年造其室清坐忘百憂我初無言說師亦無對酬今來復扣戶空房但颼颼云已滅無餘薪盡火不留郤疑此室中常有斯人否所遇孰非夢事過吾何休西湖遊覽志餘

琴操口頭禪子瞻直指真面目

蘇子瞻守杭日有妓名琴操頗通佛書解言辭子瞻喜之一日游西湖戲語琴操曰我作長老汝試叅禪琴操敬諾子瞻問曰何謂湖中景對曰落霞與孤鶩齊飛秋水共長天一色何謂景中人對曰裙拖六幅湘江水髻挽巫山一段雲何謂人中意對曰隨他楊學士鼈殺鮑叅軍如此究竟何如子瞻曰門前冷落車馬稀老大嫁作商人婦琴操言下大悟遂削髮爲尼西湖遊覽志餘

不似宋人肚腸

子瞻在黃州叅寥子自錢唐訪之酒中子瞻令官妓馬娉娉乞詩於參寥子參寥口占云多謝尊前窈窕娘好將幽夢惱襄王禪心已作粘泥絮不逐春風上下狂子瞻喜曰予嘗見柳絮落泥中謂可入詩料不意此老收得可惜也 同上

蘇子瞻嘗謂余曰釋氏之徒諸佛教法所繫不可以庶俗待之或有事至庭下則吾徒當以付囑流通爲念與之潤畧可也 張商英

東家之西即西家之東

皎然禪師贈吳馬處士詩云世人不知心是道只言道在他方妙還如瞽者望長安長安在東望西咲東坡代荅曰寒時便懼熱時風饑漢那知食藥功莫怪禪師向西笑緣師身在長安東

百斛明珠

人間無漏仙兀兀三盃醉世上無眼禪昏昏一覺睡雖然無交涉其奈畧相似相似尚如此何況真個是余奉使關西見邸店壁上書此數句

愛而誦之故海上作濁醪有妙理賦曰嘗曰既醉之適方識此心之正此老言心之正與孟子言人之性善何異同上

東坡遊廬山至東林作二偈曰溪聲便是廣長舌山色豈非清净身夜來八萬四千偈他日如何舉似人横看成嶺側成峰遠近看山了不同不識廬山真面目只緣身在此山中山谷曰此老於般若横説竪説了無剩語非筆端有口安

能吐此不傳之妙乎 冷齋夜話

東坡居士過龍光求大竹作肩輿得兩竿時南華珪首座方受請爲北山長老乃留一偈院中待其至授之以爲他時語録中第一問云斫得龍光竹兩竿持歸嶺上萬人看竹中一滴曹溪水漲起江頭十八灘

東坡南遷有侍兒王朝雲請從行坡佳之作詩有序云世謂白樂天有鬻駱馬放楊枝詞佳其

首四句即用八人名有此詩體否然非所以責宗人也

至老病不忍去也然夢得詩云春盡絮飛留不得隨風好去落誰家樂天亦曰病與樂天相伴住春隨樊素一時歸則樊素竟去也余有數妾四五年間相繼别去獨朝雲隨余南遷因讀樂天詩戲作此贈之云不學楊枝别樂天且同通德伴伶玄阿奴絡秀方同老天女維摩摠解禪經卷藥鑪新活計舞衫歌扇舊因緣丹成逐我三山去不作巫陽雲雨仙盖紹聖元年十一月

起不似詩

也三月七月朝雲卒葬於西禪寺松林中直大聖塔和前詩云苗而不秀豈其天不使童烏與我玄駐景恨無千歲藥贈行惟有小乘禪傷心一念償前債彈指三生斷後緣歸卧竹根無遠近夜深惟禮塔中仙

予過濟南龍山鎮監稅宋寶國出王氏華嚴經解相示曰公之於道可謂至矣予問寶國華嚴有八十卷今獨解其一何也寶國曰王氏謂我

王聖俞曰人情斅惑每每如此

又曰昔李贊皇使人置金山泉其人擧棹忘之至石頭城方憶汲以獻李飲之曰此頗似石頭城下水世固有辨之者恐佛語菩薩語亦然

此佛語深妙其餘皆菩薩語爾予曰予藏經取佛語數句置菩薩語中復取菩薩語置佛語中子能識其是非乎曰不能也非獨子不能王氏亦不能予昔在岐下聞汧陽猪肉至美遣人置之使者醉猪夜逸置他猪以償吾不知也而與客食皆大詫以爲非他產所及已而事敗客皆大慚今王氏之猪未敗耳昔者買肉娼女歌或因以悟若一念清淨墻壁瓦礫皆說無上法而

業已合矣要參他悟底

云佛語深妙菩薩不及豈非夢中語乎寶國曰唯唯

東坡云日者王寔王寧見訪寔韓持國少傅之壻也因問持國安否寔寧皆曰自致政尤好觀伎嘗自謂人曰吾已癃老且將聲樂酒色以娛年不爾無以度日東坡曰惟其殘年正不當爾君兄弟至親且舊願爲某傳一語於持國可乎寔寧曰諾坡曰頃有一老人未嘗參禪而雅合

禪理死生之際極爲了然一日置酒大會親友酒闌語衆曰老人即今且去回攝衣正坐將奄奄焉諸子乃遑遽呼號曰大人今日乃與世訣乎願留一言爲教老人曰本欲無言今爲汝懇只是第一五更起諸子未諭曰何也老人曰惟五更可以勾當自家事日出之後欲勾當則不可矣諸子曰家中幸豐何用蚤起舉家諸事皆是自家事也豈有分别老人曰不然所謂自家

所謂雖不參禪而雅合禪理

人人宜念之

事者是死時將得去者吾平生治生今日就化可將何者去諸子頗悟今持國果自以謂殘年請二君言與持國但言某請持國勾當自家事與其勞心聲酒不若爲可以死時將去者計也坡又曰范景仁平生不好佛晚年清慎減節嗜慾一物不芥蔕於心眞卻是學佛作家然至𣺌常不取佛法某謂景仁雖不學佛而達佛理雖毀佛駡祖亦不害也

東坡泛穎詩散爲百東坡頃刻復在茲劉須溪謂本傳燈録按傳燈録良价禪師因過水覩影而悟有偈云切忌從他覓迢迢與我疎我今獨自往處處得逢渠渠今正是我我今不是渠 卅

節揔録

蘇東坡自謂竄逐海上去死地稍近心頗憂之願學壽禪師放生以證善果敬以亡毋蜀郡太君程氏遺留簪珥盡買放生以薦父毋冥福其

此處却頸巾

子邁在東坡之側見所買放生盈軒蔽地或掉尾乞命或悚翅哀鳴邁憐悲其意亟請放之旁有侍妾名朝雲見邁衣衿有蝡動視之乃蝨也妾遽以指爪隕其命東坡訓之曰聖人言近取諸身遠取諸物我今遠取諸物以放之汝今近取諸身以殺之耶妾曰柰齧我何東坡曰是汝氣體感召而生者不可罪彼要當捨而放之可也今人殺害禽魚之命是豈禽魚齧人耶妾大

悟自後罕茹腥物多食蔬菜而已東坡舅氏諭之曰心即是佛不在斷肉東坡曰不可作如是言小人女子難感易流幸其作如是相有何不可

黄魯直謂子瞻曰鳥之將死其鳴也哀某適到市橋見生鵞繫足在地鳴呌不已得非哀祈於我耶子瞻曰某昨日買十鳩中有四活即放之餘者幸作一盃羹今日吾家常膳買魚數斤以

如此大是不必禁朝雲殉風也

水養之活者放而救渠命殪者烹而悅吾口雖腥羶之慾未能盡斷且一時從權爾魯直曰吾兄從權之說善哉魯直因作頌曰我肉衆生肉名殊體不殊元同一種性只是別形軀苦惱從他受肥甘爲我須莫教閻老判自揣看何如子瞻聞斯語愀然嘆曰我猶未免食肉安知不被閻老之責乎 黄魯直

師民瞻詩注云佛印禪師法名了元饒州人公

師發端常語耳
李卓吾曰俗物不成語

久與之遊時住持潤州金山寺公赴杭過潤爲留數月一日值師挂牌與弟子入室公便服入方丈見之師云內翰何來此間無坐處公戲云暫借和尚四大用作禪床師曰山僧有一轉語內翰言下即荅當從所請如稍涉擬議所係玉帶願留以鎮山門公許之便解玉帶置几上師云山僧四大本無五藴非有內翰欲於何處坐公擬議未即荅師急呼侍者云收此玉帶永鎮

北夢瑣言云裴休常披毛毼衲衣歌姬院持鉢乞食

正謂師取衲裙相報耳夜話注非也

山門公笑而與之師遂取衲裙相報因有二絕公次韻答之余嘗聞廣漢天寧泰長老話其事泰云是時在金山挂塔目擊公與元老問答如此余故叙於題下使後人知其本末云

病骨難堪玉帶圍鈍根仍落箭鋒機欲教乞食歌姬院故與雲山舊衲衣

冷齋夜話云先生悟其前生爲戒禪師常衣衲衣故云

此帶閱人如傳舍流傳到我亦悠哉錦袍錯落真相稱乞與佯狂老萬回

傳燈錄萬回法雲公八九歲時其兄戍安西師持信朝往夕返萬餘里故號萬回唐武后賜以錦袍玉帶

子由在筠作東軒記或戲之爲東軒長老其壻曹煥往筠余作一絶句送曹以戲子由曹過廬山出以示圓通愼長老愼欣然亦作一絶送客出門歸入室趺坐化去子由聞之乃作一絶一以答予一以答愼明年余過圓通始得其詳乃追次愼韻

君到高安幾日囘一時得藪舊塵埃贈君一籠牢收取盛取東軒長老來余送曹

東軒長老未相逢已見黃州一信通何必揚眉資自擊須知千里事同風愼和余詩

東軒只似虛空樣何處人家籠解盛縱使盛來無處着雪堂自有老師兄子由荅余詩

擔頭挑得黃州籠行過圓通一笑開郤到山前人已寂亦無一物可擔回子由荅愼詩

大士何曾有生死小儒底處覔窮通偶留一吷千山上散作人間萬竅風余和愼詩

舊說房琯開元中嘗宰盧氏與道士邢和璞出游過夏口邨入廢佛寺坐古松下和璞使人鑿地得甕中所藏婁師德與永禪師書謂琯曰頗憶此耶琯因悵然悟前生之爲永師也故人柳子玉寶此画云是唐本宋復古所臨者元祐六年三月十九日予自杭州還朝宿吳松江夢長老仲殊挾琴過予彈之有異聲就視琴頗損而有十三絃予方歎惜不已殊曰雖損尚可修曰

柰十三絃何殊不荅誦詩云度數形名本偶然
破琴今有十三絃此生若遇邢和璞方信秦箏
是響泉予夢中了然識其所謂旣覺而忘之明
日晝寢復夢殊來理前語再誦其詩方驚覺而
殊適至意其非夢也問之殊盖不知是歲六月
見子玉之子子文京師求得其画乃作詩并書
所夢其上子玉名瑾善作詩及行草書復古名
遹画山水草木盖妙絕一時仲殊本書生棄家

已後皆舊本所無不可解

學佛通脱無所着皆奇士也

破琴雖末修中有琴意足謂云十三絃音節如佩玉新琴空高張次聲不附木宛然七絃箏動與世好逐陋矣房絲律囙循墮流俗懸知董庭蘭不識無絃曲破琴詩引

范蜀公不信佛說大蘇公嘗與公論佛詰其所以不信之說范公云鎮平生事非目所見者未嘗信蘇公曰公亦安能然哉設公有疾令人醫

切脉曰寒則服熱藥曰熱則餌寒藥公何嘗見脉而信之如此何獨至于佛而必待見耶　張耒

東坡議學校貢舉書斥士大夫主佛老之爲非又策別云天子有七廟今又飾佛老之宮而爲之祠固已過矣又使大臣兼官以領之歲給貲以鉅萬此何爲者耶其言與佛骨表何異又作勝相院記謂治其學者大抵設械以應敵匿形以遁敗窘則推墮滉漾不可捕捉如是而已矣

此數句盡禪學自欺欺人之病果東坡於禪學
深入冥契而其言若此何也盖其與世不合姑
以消其不平莊子云因之以曼衍所以窮年也
其東坡之謂乎 丹鉛揔録
東坡叅玉泉皓禪師師問尊官高姓坡曰姓秤
秤天下長老輕重師喝曰且道這一喝重多少
坡無對於是尊禮之後過金山坡題自巳照容
偈曰心似巳灰之木身如不繫之舟問汝平生

功業黃州瓊州惠州燕石齋補五燈會元

石塔來別居士居士云經過草草不見石塔塔起立云遮個是磚浮圖耶居士云有縫答云無縫何以容世間螻蟻坡首肯之元豐八年八月二十七日外紀

東坡食肉誦經或云不淨坡取水漱口或云一盌水如何漱得坡云慚愧闍黎會得志林

蘇臺定惠院淨人卓契順不遠數千里涉嶺渡

見其本有所擔荷非空手也或曰似謂虛而往實而歸也

海侯無恙于東坡東坡問將甚麼土物來順展兩手坡云可惜許數千里空手來順作荷擔勢信步而去志林

跋東坡禪喜集後

子瞻廬山偈云溪聲便是廣長舌山色豈非清淨身說者謂子瞻猶是門外漢無山無水時全身跳入黑漆漆地大抵禪爲生死不爲文字生死之根根於瞥起初念瞥起一念若使如鐌赴焰如蚕嚙鐵心路既斷生死冰消故一切老胡痛棒熱喝總向人生死初根一齊斬截到此方云盡大地是個悟門盡一切微塵皆轉法輪此

何以故於瞥起處心路不行則艸木瓦石無非大善知識艸搖木動瓦飄石鳴無非老胡痛棒熱喝如是者是名真禪喜子瞻平生熟于荀孟孫吳晚遇貶謫落落窮鄉遂以内典爲擯愁捐痛之物浸淫久之斐然有得唐有香山宋有子瞻其風流往往相類而其借禪以爲文章二公亦差去不遠香山云外以儒行脩其身内以釋教汰其心旁以琴酒山水詩歌樂其志則分明

一眉山之老人而已子瞻扵生死二字雖不能與維摩龐蘊爭一線然其譚笑輕安坦然而化如其為文章則餔禪之糟而因茹其華者多也徐長孺彙集成編余故喜而刻之使天下老居士有生死心者一披此卷或士大夫熱閙中欲乞清涼扇子不妨向子瞻案前燒一瓣香其或心力勇猛不顧作文字禪者則請寘之毋以不肖為戎首

心空居士唐文獻

宗門不立文字不妨有文字景德傳燈錄余所畜舊本甚佳竊寶惜之未暇探索今春遇茗淩玄房誇示余此本與余藏本無異而裝潢有加焉檢卷末知爲勝國至元間板元板之精幾亂宋板又爲傳燈可寶也此外又有續燈聯燈廣燈等當必有佳本如此錄者安得盡有之爲快雖然能加探索一則兩則便可穿佛祖鼻孔不然徒寶惜之以供蠹魚無爲也余老矣願以勉

玄房

萬曆癸卯春日眞實居士馮夢禎

此閒之先生所跋余之板傳燈録語也先生批閱兩禪喜竟余時無以涉內意故不及求其數語作序今不可追矣聊附此以見先生禪宗之一班可其所稱玄房則余稚年時舊字也

淩濛初識

歲之癸卯閏之先生有吳閶之游招余同往回聯舟以行各有詩今快雪集中所書正月訂吳門之約是也舟中煮茗相對輒手一帙商搉時嘉禾方刻硏北雜志成先生為之正訛字數十且多憶中以為快校竟問余曩携得何書余以景德傳燈錄及蘇黃禪喜集對蘇集舊多挂漏而余蓋稍益之者也先生愛傳燈錄之精好為

書一跋又題閔二禪喜集在此有釋行急先生時舉妙義相證隨筆其上方吳閔逗棹二集請卒業向秋之蜀中迄今凡十九年先生墓木已拱而余亦鏡有秋霜縷許矣付之剞劂一新恍如昨游爲之悵然

天啓辛酉春季吳興凌濛初跋并書

蘇長公小品四卷（卷一）

（宋）蘇軾　撰
（明）王聖俞　評選

明凌啓康刻朱墨套印本

原書高二十九點五釐米，寬十九釐米；
板框高二十一點二釐米，寬十四點三釐米。

蘇長公小品

人未噉九鼎而啖一臠則羨謂一臠之不足盡九鼎而不知九鼎之盡於一臠也昔李端叔謂蘇長公文長江秋霽千里一道

從耳目之壯觀極天地之變幻洵足染長公矣遂令讀長公文者如入五都市如登上方廚山肴海錯靡所不有奇羞異饌靡所不具然而度山越海不無卷

石寸沼弋奇釣異不無野芹澤並則聖俞所選長公之小品是也試取而披玩之春風綠蔭可以倦遊夜雨青燈可以却寢孔樽徐榻則片語可驚四座漂唐

流漢則單翁可足千秋而且譚玄佞佛則龍象伏於寸丹丈六現於一莖是小品之足當大觀猶一臠之足當九鼎也聖俞王先生宦牘之餘特簡是集以娱

一餉而豈一餉之娛已哉余友
安國淩次公讀而嗜之嗜而册
鋟之以廣同嗜者則安國之嗣
聖俞而次公之載長公也是爲
叙

友弟施康賓題

刻蘇長公小品序

世讀蘇長公文甚衆矣選不一集〻不一種然未有選小品者選之自聖俞王先生始客有問之者曰是集也無乃

法其大而撫其小乎抑録其小而已見其大也余應之曰唯唯否否夫宋室文章風流藻采至蘇長公而極矣語語入妙字字飛僊其大者

悠韻瀉墨有雷浪噴天層巒
遍地之勢人君取之其小者命
機巧中有名山蘊秀寸帙函奇
之致人哉無之自茲拈出遂
使片楮隻字共為珍寶 聖翁

園長公千載之知己哉而其序陵

卒自敍曰余所志者一餉之樂

而非千秋之業由斯以譚謂以

畫長公小品則可而以畫長公

則不可蓋流不擇細正以彙其

全響不卷偃正以集其成使有
所標舉其間而色括焉無漏畧
不曰蘇長公選而曰蘇長公小品
噫是乃聖俞之所以評而古生
章氏鐫之予讀而好好而再鐫

鐫而襄所許而加之丹鉛也

吳興淩啟康漫題

蘇長公小品凡例

一是集出自聖俞原評係乎手訂故或冠其總于簡額或錄其詞于篇終纖悉必臚姓名用志非爲故混實以明專

一批點雖取獨裁品評世多具眼諸家選附名目謹標竊懸檢閱之豹斑坐𢀷之簡編之牛汗

一偶因披閱間及旁搜特綴附考以核故聞未能拔什之三聊以存百之一

一剞劂朱評劖玆若水詩文廣鐫遺此眉山三蘇首美乎長公全帙易竟於小品敢先董刻嗣續遺文

一書評異色采溢陸離字法同行體淆區別精求善本特倩名書一則正楷篇牘一則行草簡端是爲宋字宋文恍覩汴京法物今評今寫用存昭代典章

一以望易見滅彭澤之高風將沒作波失少陵

之故步則誤字文人所耐而攻書坡老所嫌
惜宋帝之購遺非汚都之拾稿考謬互参羣
籍訂訛尚俟同心

旦庵主人謹識

三五九

蘇長公小品序

人于萬物大者取大小者取小詩文亦然今之文人皆譚駈世千秋之業而非余所存問余于文何得對曰寐得之醒焉倦得之舒焉慍得之喜焉暇得之銷日焉是其所得于文者皆一餉之驩也而非千秋之志也古語有之楮小者不可以懷大綆短者不可以汲深余讀古文辭諸春容大篇者輙覽弗竟去之噫嘻此小品之所以輯也始余欲編

閱子史而掇其小言而力未之逮也以長公多韻且善謔時復參微言故輯先成友人章古生見而爲之梓之余猶病多軼焉且夫舍其大而論其細無乃萬斛泉拾其濺珠者乎而古生氏又欲綴吾珠珥之佩之也耶

廣陵王納諫撰

蘇長公小品題辭

世人撿書多以恣韻激鯨濤雪飛疊爲奇若短韻寥寥數行悽衰柳也縱語繞萬象精驅五兵弗酣暢焉則蘇文小品之選何謂葢人唯才短所以喜長聖俞才長故善取短天下精奇神恠政不以多驚人珠彈五色龍沫萬璣謂小品盡似司馬相如游獵賦可如必爭取其長則長公紀集俱在不妨各從所好此又聖俞先生未盡之意因語及之

古生章萬椿題

蘇子瞻像贊

黄庭堅

子瞻堂堂出于娥眉司馬班楊金馬石渠閲士如牆上前論事釋之馮唐言路以爲階而投諸雲夢之黄東坡之酒赤壁之遊嬉笑怒罵皆成文章解羈而歸紫微玉堂子瞻之德未變于初而名之曰元祐之黨放之珠厓儋耳方其金馬石渠也不自知其東坡赤壁也及其東坡赤壁也不自意其紫微玉堂也及其紫微玉堂也不自知其珠厓儋耳

也九州四海知有東坡東坡歸矣民笑且歌一丘一壑則無如此道人何

劉越石評恍惚似子瞻

蘇長公小品卷一

賦

序

記

傳

夭美老饕設
語甚新雖標
艷賞意不屑
屑
蔡菜之評
東坡老饕賦
蓋文章之游
戲耳
俞考
左傳縉雲氏
有不才子貪
於飲食冒於

蘇長公小品卷一

古揚王聖俞評選

老饕賦

庖丁鼓刀，易牙烹熬。水欲新而釜欲潔，火惡陳而（入底裏語）薪惡勞。九蒸暴而日燥，百上下而湯鏖。嘗項上之一臠，嚼霜前之兩螯。爛櫻珠之煎蜜，滃杏酪之蒸羔。蛤半熟而含酒，蟹微生而帶糟。蓋聚物之夭美，以養吾之老饕。婉彼姬姜，顏如李桃。彈湘妃之玉

貨財謂之饕餮說文曰貪財為饕貪食為餮然則彼云當賦餮字為是

檀槽後手琵琶曲云天香留鳳毛餘暖在檀槽

瑟鼓帝子之雲璈命仙人之蕚緑華舞古曲之鬱輪袍引南海之玻黎酌涼州之蒲萄願先生之者壽分餘瀝於兩髦候紅潮於玉頰驚緩響於檀槽忽纍珠之妙唱抽獨蠒之長繰閔手倦而少休疑吻燥而當膏倒一缸之雪乳列百葩之瓊艘各眼灧於秋水咸骨醉於春醪美人告去巳而雲散先生方兀然而禪迸響松風於蟹眼浮雪花於兎毫先生一笑而起渺海濶而天高

（琵琶曲名）（九疑仙女）

莊生之文以小物逗玄理如解牛承蜩之類是作可與騷駕

李卓吾評讀甚怪甚好摹寫更讀更怪

黠鼠賦

蘇子夜坐有鼠方齧拊床而止之既止復作使童子燭之有橐中空嘐嘐聱聱在橐中曰嘻此鼠之見閉而不得去者也發而視之寂無所有舉燭而索中有死鼠童子驚曰是方齧也而遽死耶向爲何聲豈其鬼耶覆而出之墮地乃走雖有敏者莫措其手蘇子歎曰異哉是鼠之黠也閉於橐中橐堅而不可穴也故不齧而齧以聲致人不死而

附考
孫武九地篇
始如處女敵
人開戶後如
脫兎敵不及
拒
東坡十來歲
作夏侯太初
論用碎璧四
語為老蘇極
愛故曰言出
於汝而忘之
耶

死以形求脫也吾聞有生莫智於人擾龍伐蛟登龜狩麟役萬物而君之卒見使於一鼠墮此蟲之計中驚脫兎於處女惡在其爲智也坐而假寐私念其故若有告余者曰汝惟多學而識之望道而未見也不一於汝而二於物故一鼠之齧而爲之變也人能碎千金之璧而不能無失聲於破釜能搏猛虎不能無變色於蜂蠆此不一之患也言出於汝而忘之耶予俛而笑仰而覺使童子執筆記

余之作

陶石簣許陸平原曰賦體物而瀏亮如此賦則
誠物矣辟千金之賦數語勘破千古人

借曹子桓語代己叙意不後自措一語遂覺趣足以法雅東坡得之

足觀其能處

獵會詩序

雷勝隴西人以勇敢應募得官爲京東第二將武力絕人騎射敏妙按閱於徐徐人欲觀其能爲小獵城西又有殿直鄭亮借職繆進者皆騎而從弓矢刀槊無不精習而駐泊黃宗閔舉止如諸生戎裝輕騎出馳絕衆客皆驚笑樂甚是日小雨甫晴土潤風和觀者數千人曹子桓云建安十年始定冀州濊貊貢良弓燕代獻名馬時歲之春勾芒司

節和風扇物弓燥手柔草茂獸肥與兄子冄獵於鄴西手獲獐鹿九狐兎三十馳騁之樂邊人武吏日以爲常如曹氏父子横槊賦詩以傳於世適可喜耳衆客既各自寫其詩因書其末以爲異日一笑

陶石簣評
一六誠明定
慧諸解都不
從人間來至
將道淺深之
候一語真聖
諦也長公造
語近諧却有
至理

附考
世尊告阿難
云攝心爲戒
戒生定定生
慧是則名爲
三無漏學
伶玄妻樊通

送錢塘僧思聰歸孤山敘

天以一生水地以六成之一六合而水可見雖有神禹不能知其孰爲一孰爲六也子思子曰自誠明謂之性自明誠謂之教誠則明矣明則誠矣誠明合而道可見雖有黃帝孔丘不能知其孰爲誠孰爲明也佛者曰戒生定定生慧慧獨不生定乎伶玄有言慧則通通則流是惡知真慧哉醉而狂醒而止慧之生定通之不流也審矣故夫有目而

德操言道飛蓋事曰夫淫於色非慧男子不至也慧則通通則流流而不返其防則變態百出為溝為壑無所不往

觀音告世尊我從聞思脩入三摩地又云知見旋復觀旋復

自行則蹇裳疾走常得大通無目而隨人則車輪曳踵常仆坑穽慧之生定速於定之生慧也錢塘僧思聰七歲善彈琴十二捨琴而學書書既工十五捨書而學詩詩有奇語雲煙蔥朧珠璣的皪識者以為畫師之流聰又不已遂讀華嚴諸經入法界海慧今年二十有九老師宿儒皆敬愛之秦少游取楞嚴文殊語字之曰聞復使聰日進不止自聞思脩以至於道則華嚴法界海慧盡為蘧廬而

玅理

更深

況詩書與琴乎。雖然。古之學道無自空虛入者。輪扁斲輪。傴僂承蜩。苟可以發其巧智。物無陋者。聽若得道。琴與書皆與有力。詩其尤也。聽能如水鏡以一含萬。則書與詩當益奇。吾將觀焉。以爲聽得道淺深之候。

坡公倅杭州時曾令聽和參寥春字詩後聽挾琴游梁日登中貴門久之遂蓋佑爲御前使臣則聽之得道淺耶深耶

議案五意甚奇

陶石簣評以不思記思堂自然奇絶

錢文登評前面言不思處凡六段中引隱者言奇絶結尾數語卒歸思堂本旨更見變幻

思堂記

建安章質夫築室於公堂之西名之曰思曰吾將朝夕於是凡吾之所爲必思而後行子爲我記之嗟夫余天下之無思慮者也遇事則發不暇思也未發而思之則未至已發而思之則無及以此終身不知所思言發於心而衝於口吐之則逆人茹之則逆余以爲寧逆人也故卒吐之君子之於善也如好好色其於不善也如惡惡臭豈復臨事而

陶石簣評
思甚於欲獨
造之論顧不
知思便是欲

錢文登評
真是吸霞餐

後思計議其美惡而避就之哉是故臨義而思利則義必不果臨戰而思生則戰必不力若夫窮達得喪死生禍福則吾有命矣少時遇隱者曰孺子近道少思寡欲曰思與欲若是均乎曰甚於欲庭有二盎以畜水隱者指之曰是有蟻漏是日取一升而棄之孰先竭曰必蟻漏者思慮之賊人也微而無間隱者之言有會於余心余行之且夫不思之樂不可名也虛而明一而通安而不懈不處而

靈不食烟火者

善敍漢

與思者無邪

詩易相爲表

裏

靜不飲酒而醉，不閉目而睡，將以是記思堂，不亦謬乎？雖然，言各有當也。萬物並育而不相害，道並行而不相悖。以質夫之賢，其所謂思者，豈世俗之營營於思慮者乎？易曰：無思也，無爲也。我願學焉。詩曰：思無邪。質夫以之。元豐元年正月二十四日記。

隨時入妙

姜鳳阿評：記思堂而專說無思之妙，殆若相謬，而處處相通，所謂無中生有，以死作活，射雕手也。

叙致璀璨而玄理自呈此所謂象教者也

勝相院經藏記

元豐三年歲庚申有大比丘惟簡號曰寶月修行如幻三摩鉢提在蜀城都大聖慈寺故中和院賜名勝相以無量寶黄金丹砂琉璃珍珠旃檀衆香莊嚴佛語及菩薩語作大寶藏湧起於海有大天龍背負而出及諸小龍糾結環繞諸化菩薩及護法神鎮守其門天魔鬼神各執其物以禦不祥是諸衆寶及諸佛子光色聲香自相磨激璀璨芳郁

玲瓏宛轉生出諸相變化無窮不假言語自然顯見苦空無我無量妙義凡見聞者隨其根性各有所得如衆饑人入於大倉雖未得食巳有飽意又如病人遊於藥市聞衆藥香病自衰滅更能取米作無礙飦恣食取飽自然不饑又能取藥以療衆病衆病有盡而藥無窮須臾之間無病可療以是因緣度無量衆時見聞者皆爭捨施富者出財壯者出力巧者出技皆舍所愛及諸結習而作佛事

附考　王荆公居鍾山，一日於寂處得此記，展誦于風簷之下，喜見鬚眉，曰：「子瞻人中龍也，然有一字未妥。」客請聞之，公曰：「日

求脫煩惱濁惡苦海。有一居士，其先蜀人，與是比丘有大因緣，去國流浪，在江淮間，聞是比丘作是佛事，即欲隨衆舍所愛習，周視其身及其室廬，求可舍者，了無一物，如焦穀芽，如石女兒，乃至無有毫髮可捨。私自念言：我今惟有無始以來結習口業，妄言綺語，論說古今是非成敗，以是業故，所出言語，猶如鐘磬黼黻文章，悅可耳目，如人善博，日勝日負，自云是巧，不知是業。今捨此業，作寶藏偈。

精語

勝日負不若日勝日負坡出閲之拊掌大笑以爲知也

願我今世作是偈已盡未來世永斷諸業客塵妄想及諸理障一切世間無取無舍無憎無愛無可無不可時此居士稽首西望而説偈言我遊多寶山見山不見寶巖谷及草木虎豹諸龍蛇雖知寶所在欲取不可得復有求寶者自言已得寶見寶不見山亦未得寶故譬如夢中人未嘗知是夢既知是夢已所夢卽變滅見我不見夢因以我爲覺不知眞覺者覺夢兩無有我觀大寶藏如以蠶説

甜衆生未諭故復以甜說蜜甜蜜更相說千刼無窮盡自蜜及甘蔗查梨與橘柚說甜而得酸以及鹹辛苦忽然反自味舌根有甜相我爾默自知不煩更相說我今說此偈於道亦云遠如眼根自見是眼非我有當有無耳人聽此非舌言於一彈指頃洗我千刼罪

佛教維摩至於思議不參而反借莊嚴色相以顯其趣此篇數段法華經全似

入手數語得畫家之深者是後跡跡蕃莽真似不作文字號而讀之曰文字耳

附攷
凡獸有麄唯兔足底皆毛性狡而善走鶻拳堅處大如彈俯擊鳩鴿中其拳隨空側身自下

文與可畫篔簹谷偃竹記

竹之始生一寸之萌耳而節葉具焉自蜩蝮蛇蚹以至於劍拔十尋者生而有之也（玄詰）今畫者乃節節而爲之葉葉而累之豈復有竹乎故畫竹必先得成竹於胸中執筆熟視乃見其所欲畫者急起從之振筆直遂以追其所見如兔起鶻落少縱則逝矣與可（名同潼川人）之教予如此予不能然也而心識其所以然夫既心識其所以然而不能然者內外不一心

承之捷于鷹隼故曰兎起鶻落

手不相應不學之過也故凡有見於中而操之不熟者平居自視了然而臨事忽焉喪之豈獨竹乎子由爲墨竹賦以遺與可曰庖丁解牛者也而養生者取之輪扁斲輪者也而讀書者與之今夫夫子之託於斯竹也而予以爲有道者則非耶子由未嘗畫也故得其意而已若余者豈獨得其意并得其法與可畫竹初不自貴重四方之人持縑素而請者足相躡於其門與可厭之投諸地而罵曰

李卓吾評：趣

附考：鵞溪在今潼川，產絹。公嘗有詩云：爲愛鵞溪白繭光。

吾將以爲襪。士大夫傳之以爲口實。及與可自洋州還，而余爲徐州。與可以書遺余曰：近語士大夫，吾墨竹一派近在彭城，可往求之，襪材當萃於子矣。書尾復寫一詩，其畧曰：擬將一段鵞谿絹，掃取寒梢萬尺長。予謂與可：竹長萬尺，當用絹二百五十疋，知公倦於筆硯，願得此絹而已。與可無以荅，則曰：吾言妄矣，世豈有萬尺竹哉？余因而實之，荅其詩曰：世間亦有千尋竹，月落庭空影許長。與可

篔簹竹生水邊長數丈圍一尺五六寸一節相去六七尺曹毗賦曰其竹則篔簹白烏

看此失笑長公那得不哭失聲

笑曰蘇子辯則辯矣然二百五十疋吾將買田而
歸老焉因以所畫篔簹谷偃竹遺予曰此竹數尺
耳而有萬尺之勢篔簹谷在洋州與可嘗令予作
洋州三十詠篔簹谷其一也予詩云漢川脩竹賤
如蓬斤斧何曾赦籜龍料得清貧饞太守渭濱千
畝在胸中與可是日與其妻游谷中燒筍晚食發
函得詩失笑噴飯滿案元豐二年正月二十日與
可沒於陳州是歲七月七日予在湖州曝書畫見

恰得此証

此竹瘦卷而哭失聲昔曹孟德祭橋公文有車過腹痛之語而余亦載與可疇昔戲笑之言者以見與可於予親厚無間如此也

李卓吾評 西家不可不知

參玄正如參獄、參得透時飜覆如意。樓迂齋評：看拈起甚麼一種話頭，便被他對副了。觀此文如生龍活虎，不惟義理通徹，亦是佛書精熟。所謂信手拈來，物物真者。

大悲閣記

大悲者，觀世音之變也。觀世音由聞而覺，始於聞而能無所聞，始於無所聞而能無所不聞。能無所聞，雖無身可也；能無所不聞，雖千萬億身可也。而況於手與目乎？雖然，非無身無以舉千萬億身之衆，非千萬億身無以示無身之至。故散而爲千萬億身，聚而爲八萬四千母陁羅臂，八萬四千清淨寶目，其道一爾。昔吾嘗觀於此，吾頭髮不可勝數。

脫去陳談自標形神

自佛引入人事

呂雅山評自立議論意不帖帖情事躍如

錢東湖評此段皆吾儒太公順應道理非從爲佛作訛者

而身毛孔亦不可勝數牽一髮而頭爲之動拔一毛而身爲之變然則髮皆吾頭而毛孔皆吾身也彼皆吾頭而不能爲頭之用彼皆吾身而不能具身之智則物有以亂之矣吾將使世人左手運斤而右手執削目數飛鴈而耳節鳴鼓首肯傍人而足識梯級雖有智者有所不暇矣而況千手異執而千目各視乎及吾燕坐寂然心念凝默湛然如大明鏡人鬼鳥獸雜陳乎吾前色聲香味交遘乎

樓迂齋評
自起頭至此究竟發明姿態百出更不曾有剩語

吾體心雖不起而物無不接接必有道卽千手之出千目之運雖未可得見而理則具矣彼佛菩薩（自人身後歸）亦然雖一身不成二佛而一佛能遍河沙諸國非有它也觸而不亂至而能應理有必至而何獨疑於大悲乎（於佛）成都西南大都會也佛事最勝而大悲之像未覩其傑有法師敏行者能讀內外教博通其義欲脩如幻三昧爲一方首乃以大旃檀作菩薩像端嚴妙麗具慈愍性手臂錯出開合捧執指

彌摩拊千態具備手各有目無妄舉者復作大閣以覆菩薩雄偉壯峙工與像稱都人作禮因敬生悟余遊於四方二十餘年矣雖未得歸而想見其處斂行使其徒法震乞文爲道其所以然者且頌之曰

吾觀世間人兩目兩手臂物至不能應狂惑失所措其有欲應者顛倒作思慮思慮非眞實無異無手目菩薩千手目與一手目同物至心亦至曾不

錢文登評
言言是佛

作思慮隨其所當應無不得其當引弓挾白羽劍盾諸械器經卷及香華盂水青楊枝珊瑚大寶炬白拂朱藤杖所遇無不執所執無有疑緣何得無疑以我無心故若猶有心者千手當千心一人而千心內自相攫攘何暇能應物千手無一心手手得其處稽首大悲尊願度一切衆皆證無心灋皆具千手目

陶石簣評是楞嚴入流亡所一段註疏亦是易無思也一段註腳長公勘破此意便爾玩世

慵自慵辭只借古人文字代我筆舌夏侯孝若贊真可移以狀太白也君亦惡許其出於孝若不出於子瞻也千古一心正堪洒然

陶石簣評做太史論斷體

附攷

翊獻次人建安中分獻次

李太白碑陰記

李太白狂士也又嘗失節於永王璘此豈濟世之人哉而畢文簡公以王佐期之不亦過乎曰士固有大言而無實虛名不適於用者然不可以此料天下之士士以氣爲主方高力士用事公卿大夫爭事之而太白使脫靴殿上固已氣蓋天下矣使之得志必不肯附權倖以取容其肯從君於昏乎夏侯湛贊東方生云開濟明豁包含宏大陵轢卿

有理

爲樂陵時湛父爲郡守故贊翊云云

璘鎮江陵時脅白爲府僚故其詩曰夜半水軍來迫脅上樓船辭官不受賞翻謫夜郎天長公語本此

相嘲哂豪傑籠罩靡前跆藉貴勢出不休顯賤不憂戚戲萬乘若僚友視儔列如草芥雄節邁倫高氣蓋世可謂拔乎其萃遊方之外者也吾於太白亦云太白之從永王璘當由迫脅不然璘之狂肆寢陋雖庸人知其必敗也太白識郭子儀之爲人傑而不能知璘之無成此理之必不然者也吾不可以不辨

茅鹿門評古來豪雋所被横口之污幾者多矣公此一番洗刷極是

無限妙解歸之一夢見此解又不可執也

陋字有膽

衆妙堂記

眉山道士張易簡教小學常百人予幼時亦與焉居天慶觀北極院予蓋從之三年謫居海南一日夢至其處見張道士如平昔汛治庭宇若有所待者曰老先生且至其徒有誦老子者曰玄之又玄衆妙之門予曰妙一而已容有衆乎道士笑曰一已陋矣何妙之有若審妙也雖衆可也因指灑水薙艸者曰是各一妙也予復視之則二人者手若

附考
郢人堊漫其鼻端若蠅使匠石斲之運斤成風斲之盡堊而鼻不傷郢人立不失容

參悟

風雨而步中規矩葢𤏡然霧除霍然雲消予驚歎曰妙葢至此乎庖丁之理解郢人之臭斵信矣二人者釋技而上曰子未覩眞妙庖郢非其人也是技與道相半習與空相會非無挾而徑造者也予亦見夫蜩與雞乎夫蜩登木而號不知止也夫雞俛首而啄不知仰也其固也如此然至蛻與伏也則無視無聽無飢無渴默化於荒忽之中候伺於毫髮之間雖聖知不及也是豈技與習之助乎二

老先生經不指出

人者出道士曰子少安須老先生至而問焉二人者顧曰老先生未必知也子往見蜩與雞而問之可以養生可以長年廣州道士崇道大師何德順學道而至於妙者也故榜其堂曰衆妙書來海南求文以記之因以夢中語爲記紹聖六年三月十五日蜀人蘇某書

山水怡經好事者一過便討出幽勝詢石費許平鋪直敘却自波折可喜此是性靈上帶來文字今古所希千古文人惟南華老仙太史公蘇長公字字挾飛鳴之勢

石鐘山記

水經云彭蠡之口有石鐘山焉酈元以爲下臨深潭微風鼓浪水石相搏聲如洪鐘是說也人常疑之今以鐘磬置水中雖大風浪不能鳴也而況石乎至唐李渤始訪其遺蹤得雙石於潭上扣而聆之南聲函胡北音清越枹止響騰餘韻徐歇自以爲得之矣然此說也余尤疑之石之鏗然有聲者所在皆是也而此獨以鐘名何哉元豐七年六月

陳眉公評
逼真

丁丑余自齊安舟行適臨汝而長子邁將赴饒之德興尉送之至湖口因得觀所謂石鐘者寺僧使小童持斧於亂石間擇其一二扣之硿硿然余固笑而不信也至其夜月明獨與邁乘小舟至絕壁下大石側立千仞如猛獸奇鬼森然欲搏人而山上棲鶻聞人聲亦驚起磔磔雲霄間又有若老人欬且笑於山谷中者或曰此鸛鶴也余方心動欲還而大聲發於水上噌吰如鐘鼓不絕舟人大恐

徐而察之則上下皆石穴罅不知其淺深微波入焉涵澹澎湃而爲此也舟迴至兩山間將入港口有大石當中流可坐百人空中而多竅與風水相呑吐有窾坎鏜鞳之聲與向之噌吰者相應如樂作焉因笑謂邁曰汝識之乎噌吰者周景王之無射也窾坎鏜鞳者魏獻子之歌鐘也古之人不余欺也事不目見耳聞而臆斷其有無可乎酈元之所見聞殆與余同而言之不詳士大夫終不肯以

结得雋

小舟夜泊絕壁之下故莫能知而漁工水師雖知而不能言此世所以不傳也而陋者廼以斧斤考擊而求之自以爲得其實余是以記之蓋歎酈元之簡而笑李渤之陋也

季常小有俠氣耳因子瞻用筆隱見出沒形容遂似大俠

陶石簣評
做伯夷屈原傳亦敘事亦描寫亦議論若隱若現若見其人于楮墨外

附考
方山冠制前高七寸後高三寸長八寸

方山子傳

方山子光黃間隱人也少時慕朱家郭解爲人閭里之俠皆宗之稍壯折節讀書欲以此馳騁當世然終不遇晚廼遯於光黃間曰岐亭庵居蔬食不與世相聞棄車馬毀冠服徒步往來山中人莫識也見其所著帽方聳而高曰此豈古方山冠之遺像乎因謂之方山子余謫居於黃過岐亭適見焉曰嗚呼此吾故人陳慥季常也何爲而在此方山

以五穀采為之

茅鹿門評：本沒要緊事却敘得澹宕有神

何等悲壯

子亦矍然問余所以致此者余告之故俯而不荅仰而笑呼余宿其家環堵蕭然而妻子奴婢皆有自得之意余既聳然異之獨念方山子少時使酒好劍用財如糞土前十有九年余在岐山見方山子從兩騎挾二矢游西山鵲起於前使騎逐而射之不獲方山子怒馬獨出一發得之因與余馬上論用兵及古今成敗自謂一世豪士今幾時耳精悍之色猶見於眉間而豈山中之人哉然方山子

得其景遊可驚可喜

世有動閥當得官使從事於其間令已顯聞而其家在洛陽園宅壯麗與公侯等河北有田歲得帛千匹亦足以富樂皆棄不取獨來窮山中此豈無得而然哉余聞光黄間多異人往往佯狂垢汙不可得而見方山子儻見之與

不了語

茅鹿門評此篇三𩔖文抒不盡余特愛其烟波生色處令人涕洟

主葉成對語
必洞心

識賦

賀歐陽少師致仕啟

伏審抗章得謝釋位言還天眷雖隆莫奪已行之志士流太息其高難繼之風凡在庶麻其增慶懌伏以懷安天下之公患去就君子之所難世靡不知人更相笑而道不勝欲私於爲身君臣之恩繫縻之於前妻子之計推荷之於後至於山林之士猶有降志於垂老而況廟堂之舊欲使辭禍於當年有其言而無其心有其心而無其决愚知其蔽

陶攷
少師致仕時
有門生蔡承
禧曰以德望
為朝廷倚重
恐未及引年
公曰備位乎
名節爲後生

古今一塗是以用舍行藏仲尼獨許於顏子存亡進退周易不及於賢人自非智足以周知仁足以自愛道足以忘物之得喪志足以一氣之盛衰則孰能見幾禍福之先脱屣塵垢之外常恐茲世不見其人伏惟執政觀文少師全德難名巨材不器事業三朝之望文章百世之師功存社稷而人不知躬履艱難而節乃見縱使耄期篤老猶當就見質疑而乃力辭於未及之年退託以不能而止太

猶亞路盡非義自引退以全晚節豈業歟更僕驕泳耶

勇若怯大智如愚至貴無軒冕而榮至仁不導引而壽較其所得戢與昔多輒受知最深聞道有自雖外爲天下惜老成之去而私喜明哲得保身之全伏暑向闌台候何似伏與爲時自重少慰輿情

以議論入駢儷中因方為珪遇圓成璧無所不到歐文忠公云往時作四六者多用古人語及廣引故事以衒博學而不思述事不暢近時文章變體如蘇氏四六述叙委曲精盡不

謝制科啟

右軾啟今月某日蒙恩授前件官者臨軒策士方搜絕異之材隨問獻言誤占久虛之等忽從佐縣擢與評刑內自顧於無堪凜不知其所措恭惟制治之要惟有取人之難用法者畏有司之不公故舍其平生而論其一日通變者恐人才之未盡故詳於採聽而略於臨時茲二者之相形顧兩全而未有一之於考試而掩之於倉卒所以爲無私也

臧古人?

然而才行之迹無由而深知委之於察舉而要之於久長所以爲無失也然而請屬之風或因而滋長此隋唐進士之所以爲有弊魏晉中正之所以爲多姦惟是賢良茂異之科兼用考試察舉之法每中年輒下明詔使兩制各舉所聞在家者能孝而恭在官者能廉而愼臨之以患難而能不變邀之以寵利而能不回旣已得其行己之大方然後責其當世之要用學博者又須守約而後取文麗

茅鹿門評
此論宋時進
士科及制科
之當擧爲得
其法

者或以用寡而見尤特於萬人之中求其百全之美凡與中書之召命已爲天下之選人而又有不可測知之論以觀其默識之能無所不問之策以效其博通之實至於此而不去則其人之可知然猶使御史得以求其疵諫官得以考其素一陷清議輒爲廢人是以始由察舉而無請謁公行之私終用考試而無倉卒不審之患蓋其取人也如此之密則夫不肖者安得而容軾才不逮人少而自

信治經獨傳於家學爲文不顧於世知特以飢寒之憂出求升斗之祿不謂諸公之過聽使與羣豪而並進始不自量欲行其志遂竊俊良之舉不知氣力之微論事迂濶而不能動人讀書踈畧而無以應敵取之甚媿得而益慚此蓋伏遇某官德爲世之望人位爲時之顯處聲稱所被四方莫不奔趨議論一加多士以爲進退致兹庸末亦與甄收然而志卑處高德薄寵厚歷觀前輩由此爲致君

之資敢以微軀自今爲許國之始過此以往未知
所裁

讀東坡諸策問皆似可以不復置對

策問五首

問人主莫不欲安存而惡危亡然而其國常至於不可救者何也所憂者非其所以亂與亡而其所以亂與亡者常出於其所不憂也請借漢以言之昔者高帝之世天下既平矣當時之所憂者韓彭英盧而已此四王者皆不能終高帝之世相繼仆滅而不復續及至呂氏之禍則猶異姓也呂氏既已滅矣而吳楚之憂幾至於亡國方韓彭呂氏之

禍惟恐同姓之不蕃熾昌大也然至其爲變則又
過於異姓遠矣文景之世以爲諸侯分裂破弱則
漢可以百世而無憂至於武帝諸侯之艱少衰而
匈奴之患方熾則又以爲天下之憂止於此矣及
昭宣元成之世諸侯王既已無足憂者而匈奴又
破滅臣事於漢然其所以卒至於中絕而不救則
其所不慮之王氏也世祖既立上懲韓彭之難中
鑒七國之變而下悼王氏之禍於是盡侯諸將而

李卓吾評此正天將亡人國其禍敗又出於智之所不及

不任以事裁減同姓之封而黜三公之權以爲前世之所憂盡去矣及其衰也宦官之權盛而黨錮之難起士大夫相與搤腕而遊談者以爲天子一日誅宦官而解黨錮則天下猶可以無事於是外召諸將而内脅其君宦官既誅無遺類而董卓曹操之徒亦因以亡漢漢之所憂者凡六變而其亂與亡輒出於其所不憂而終不可備由此觀之治亂存亡之勢其皆有以取之歟抑將不可推如江

跋委

因字應前借字

河之徒移其勢自有以相激而不自知歟其亦可以理推力救而莫之爲也今將使事至而應之患至而爲之謀則天下之患不可以勝防而政化不可以勝變矣則亦將朝文而莫質忽寬而驟猛歟意者亦有可以長守而不變雖有小患而不足卹者歟願因論漢而極言其所以然

問古者師出受成於學兵固學者之所宜知也今關中之事又諸君之所親履而目見者昔者六國

之世秦盡有今關中之地地不加廣也而東備齊南備楚近則備韓魏遠則備燕趙有敵國之憂而無中原之助然而當是時也攘却西戎至千餘里今也天下爲一獨以關中之地西備羌戎三方無敵國之憂而又内引百郡以爲助惴惴焉自固之不暇以百倍之勢而無昔人分毫之功此不可不論也古之爲兵者戍其地則用其地之民戰其野則食其野之粟守其國則乘其國之馬是以外被

勘詩好

兵而內不知此所以百戰而不殆也今則不然戍
邊用東北之人糴糧用內郡之錢騎戰用西羌之
馬是以一郡用兵而百郡騷然此又不可不論也
昔者衞爲狄所滅齊桓公以車三十乘封文公於
楚丘及其末年至三百乘故其詩曰匪直也人秉
心塞淵騋牝三千以爲資之四夷則衞之所近者
莫若狄當是時也狄與衞爲仇讐其勢必不以馬
與衞然則衞獨以何術而能致馬如此之多耶今

亦一奇論

欲使被兵之郡自用其民自食其粟自乘其馬而不得其術故願聞其詳

問古之爲爵賞所以待有功也以爲有功而後爵天下必有遺善是故有無功而爵者六德六行以興賢人是也古之爲刑罰所以待有罪也以爲有罪而後罰則天下必有遺惡是故有無罪而罰者行僞而堅言僞而辨學非而博順非而澤以疑衆殺是也夫人之難知自堯舜病之惟幸其有功故

有以爲賞之之名惟因其有罪故有以爲罰之之狀而天下不爭今使無功之人名之以某德而爵之無罪之人狀之以某惡而誅之則天下不知其所從而上亦將眊亂而喪其所守然則古之人將何以處此歟方今法令明具政若畫一然猶有冒昧以僥倖巧詆以出入者又況無功而賞無罪而罰歟古之人將必有以處此也

問昔漢受天下於秦因秦之制而不害爲漢唐受

李卓吾許窮本之論

天下於隋因隋之制而不害爲唐漢之與秦唐之與隋其治亂安危至相遠也然而卒無所改易又況於積安久治其道固不事變也世之君子以爲善人爲邦百年可以勝殘去殺病其説之不效急於有功而歸咎於法制是以頻年遣使冠蓋相望於道以求民之所患苦罷去茶禁歸之於民不以刑獄委任武吏至於考功取士皆有所損益行之數年卒未見其成而紛紜之議爭以爲不便嗟乎

變化不窮

曲盡

此特其小者耳事之可變將復有大於此者今欲盡易天下之驕卒以爲府兵盡驅天下之異教以爲齊民盡嚴天下之惰吏以爲考課盡率天下之游士以爲農桑其爲拂世厲俗非特如今之所行也行其小者且不能辦則其大者又安敢議然則是終不可變歟將變之不得其術歟將已得其術而紛紜之議不足卹歟無乃其道可變而不在其迹歟所謂勝殘去殺者其卒無效歟願條其說

僕確然之論

可為法嘆

問任人而不任法則法簡而人重任法而不任人則法繁而人輕法簡而人重其弊也請謁公行而威勢下移法繁而人輕其弊也人得苟免而賢不肖均此古今之通患也夫欲人法並用輕重相持當安所折衷使近古而宜今有益而無損乎今舉於禮部者皆用糊名易書之法選於吏部者皆用長守不易之格六卿之長不得一用其意而胥吏姦人皆出沒其間此豈治世之法哉如使有司皆

若唐以前得自以其意進退天下士大夫官吏恣擅流言紛紜之害將何以止之古之人何脩而免於此夫豈無術不講故也願聞其詳

東坡禪喜集·蘇長公小品·空同詩選

遼寧省圖書館藏陶湘舊藏閔凌刻本集成

2

遼寧省圖書館 編

中華書局

第二册目録

蘇長公小品四卷（卷二—卷四）

空同詩選一卷

蘇長公小品四卷（卷二—卷四）

〔宋〕蘇軾　撰
〔明〕王聖俞　評選

明凌啓康刻朱墨套印本

蘇長公小品卷二

尺牘

答呂凞道
與蔡景繁二首
與王元直二首
與徐得之
與毛維瞻
答賈耘老
與王定國
贈王文甫

答參寥二首
與陳天倅
與米元章

頌

十八大阿羅漢頌
答孔君頌
禪戲頌

偈

十二時中偈

南屏激水偈

木峰偈

觀藏眞畫布袋和尚像偈

養生偈

賛

郭忠恕畫賛

顧愷之畫黄初平牧羊圖賛

三笑圖贊

小篆般若心經贊

李西平畫贊

辯才大師真贊

李伯時所畫沐猴馬贊

不恨寓嶺表
所恨荔枝少
興化軍園池
勝處惟種荔

蘇長公小品卷二

古揚王聖俞評選

與循守周文之

近日屢獲教音及林增城至又得聞動止之詳併深感慰桃荔米酒諸信皆達矣荷佩厚眷難以盡喻今歲荔子不熟土產早者既酸且少而增城晚者不至方有空寓嶺表之歎忽信使至適有五客人食五枚飽外又以歸遺皆云其香如練家紫但

校尤重陳家紫此云練家紫未詳

差小耳二廣未嘗有此異哉又使人徒行八百枚
無一損者此尤異也林令奇士幸此少留公所與
者故自不凡也蒸暑異常萬萬以時珎嗇

極撰有情致

溪筆老成復有餘味此坡公之最有詣者矣以在得罪後故耶寒溫語亦自委曲有致

答李端叔書

軾頓首再拜聞足下名久矣又於相識處往往見所作詩文雖不多亦足以髣髴其爲人矣尋常不通書問怠慢之罪猶可闊略及足下斬然在疚亦不能以一字奉慰舍弟子由至先蒙惠書又復懶不卽答頑鈍廢禮一至於此而足下終不棄絕遞中再辱手書待遇益隆覽之面熱汗下也足下才高識明不應輕許與人得非用黃魯直秦太虛輩

用意圓活不定如此

陶石簣評少年時一段是眞實話人都不肯說

語眞以爲然耶不肖爲人所憎而二子獨喜見譽如人嗜昌歜羊棗未易詰其所以然者以二子爲妄則不可遂欲以移之衆口又大不可也軾少年時讀書作文專爲應舉而已既及進士第貪得不已又舉制策其實何所有而其科號爲直言極諫故每紛然誦說古今考論是非以應其名耳人苦不自知既以此得因以爲實能之故譊譊至今坐此得罪幾死所謂齊虜以口舌得官眞可笑也然

自處甚卑亦自不卑

杜德機妙甚

陳眉公評摹寫情事令人墮淚

奇絶

世人遂以軾爲欲立異同則過矣妄論利害攙説得失此正制科人習氣譬之候蟲時鳥自鳴自已何足爲損益軾每怪時人待軾過重而足下又復稱説如此愈非其實得罪以來深自閉塞扁舟草履放浪山水間與樵漁雜處往往爲醉人所推罵輒自喜漸不爲人識平生親友無一字見及有書與之亦不答自幸庶幾免矣足下又復創相推與甚非所望木有癭石有暈犀有通以取妍於人皆

物之病也適居無事默自觀省回視三十年以來所爲多其病者足下所見皆故我非今我也無乃聞其聲不考其情取其華而遺其實乎抑將又有取於此也此事非相見不能盡自得罪後不敢作文字此書雖非文然信筆書意不覺累幅亦不須示人必喻此意歲行盡寒苦惟萬萬節哀強食不次

[illegible]率有高韻

老人語

答秦太虚書

軾啟五月末舍弟來得手書勞問甚厚日欲裁謝因循至今遞中復辱教感愧益甚比日履茲初寒起居何如軾寓居粗遣但舍弟初到筠州即喪一女而軾亦喪一老乳母悼念未衰又得鄉信堂兄中舍九月中逝去異鄉衰病觸目悽感念人命脆弱如此又承見喻中間得疾不輕且喜復健吾儕漸衰不可復作少年調度當速用道書方士之言

名言

厚自養鍊適居無事頗窺其一二已借得本州大慶觀道堂三間冬至後當入此室四十九日迺出自非廢放安得就此太虛他日一爲仕宦所縻欲求四十九日閑豈可復得耶當及今爲之但擇平時所謂簡要易行者日夜爲之寢食之外不治他事得滿此期根本立矣此後縱復出從人事事已則心返自不能廢矣此書到日恐已不及然亦不須用冬至也寄示詩文皆超然勝絕亹亹焉來逼

人矣如我輩亦不勞逼也太虚未免求祿仕方應舉求之應舉不可必竊爲君謀宜多著書如所示論兵及盜賊等數篇但似此得數十首皆卓然有可用之實者不須及時事也但旋作此書亦不可廢應舉此書若成聊復相示當有知君者想喻此意也公擇近過此相聚數日說太虚不離口莘老未嘗得書知未暇逼問程公闢須其子履中哀詞軾本自求作今豈可食言但得罪以來不復作文

眉公評：山景色時亦有雅意

字自持頗嚴若復一作則决壞藩墻今後仍復衰
衰多言矣初到黄廩入旣絶人口不少私甚憂之
但痛自節儉日用不得過百五十每月朔便取四
千五百錢斷爲三十塊掛屋梁上平旦用畫叉挑
取一塊卽藏去叉仍以大竹筒別貯用不盡者以
待賓客此賈耘老法也度囊中尚可支一歲有餘
至時別作經畫水到渠成不須豫慮以此胸中都
無一事所居對岸武昌山水佳絶有蜀人王生在

見之爲快
此評
叙處如美人
一點睛輕妙之
甚

說到此詞意
津津

邑中往往爲風濤所隔不能卽歸則王生能爲殺雞炊黍至數日不厭又有潘生者作酒店樊口棹小舟徑至店下村酒亦自醇釅柑橘椑柿極多大芋長尺餘不減蜀中外縣米斗二十有水路可致羊肉如北方猪牛麞鹿如土魚蟹不論錢岐亭監酒胡定之載書萬卷隨行喜借人看黄州曹官數人皆家善庖饌喜作會太虛視此數事吾事豈不既濟矣乎欲與太虛言者無窮但紙盡耳展讀至

此想見掀髯一笑也。子駿固吾所畏，其子亦可喜，曾與相見否？此中有黃岡少府張舜臣者，其兄堯臣，皆云與太虛相熟。兒子每蒙批問。適會葬老乳母，今勾當作墳，未暇拜書。歲晚苦寒，惟萬萬自重。李端叔一書，託爲達之。夜中微被酒，書不成字，不罪不罪。不宣。軾再拜。

陶石簣評：目前之趣，意中之事，俗人不能知，知人多不能言，言人多不能發，坡翁能知能言能發，真人精也。

此論文的
的如此

與謝民師推官書

軾啟近奉違亟辱問訊具審起居佳勝感慰深矣軾受性剛簡學迂材下坐廢累年不敢復齒縉紳自還海北見平生親舊惘然如隔世人況與左右無一日之雅而敢求交乎數賜見臨傾蓋如故幸甚過望不可言也所示書教及詩賦雜文觀之熟矣大約如行雲流水初無定質但常行於所當行常止於不可不止文理自然姿態橫生孔子曰言

李卓吾評實際之語

陳眉公評論文之真不朽千古

之不文行之不遠又曰辭達而已矣夫言止於達意疑若不文是大不然求物之妙如繫風捕影能使是物了然於心者蓋千萬人而不一遇也而況能使了然於口與手者乎是之謂辭達辭至於能達則文不可勝用矣楊雄好爲艱深之辭以文淺易之說若正言之則人人知之矣此正所謂雕蟲篆刻者其太玄法言皆是類也而獨悔於賦何哉終身雕虫而獨變其音節便謂之經可乎屈原作

賈誼賦竟不及相如

離騷經蓋風雅之再變者，雖與日月爭光可也。可以其似賦，而謂之雕蟲乎？使賈誼見孔子，升堂有餘矣，而乃以賦鄙之。至與司馬相如同科，雄之陋如此，比者甚衆。可與知者道，難與俗人言也。因論文偶及之耳。歐陽文忠公言：文章如精金美玉，市有定價，非人所能以口舌定貴賤也。紛紛多言，豈能有益於左右，愧悚不已。所須惠力法雨堂字，軾本不善作大字，強作終不佳，又舟中局迫難寫，未能如教。然軾方過臨江。當往游焉。或僧有所欲記錄。當作數句留院中。慰左右念親之意。今日已至峽山寺。少留即去。愈遠。惟萬萬以時自愛。不宣。

陶石簣辭陵翁自評其文

形去皮肉莊子全向余見舊本如此改作智字太減氣骨東坡所惡於俗子改竄

答劉沔都曹書

軾頓首都曹劉君足下蒙示書教及編錄拙詩文二十卷軾平生以言語文字見知於世亦以此取疾於人得失相補不如不作之安也以此常欲焚棄筆硯爲瘖默人而習氣宿業未能盡去亦謂隨手雲散鳥沒矣不知足下默隨其後掇拾編綴略無遺者覽之慙汗可爲多言之戒然世之蓄軾詩文者多矣率眞僞相半又多爲俗子所改竄讀之

李卓吾評
見地超卓

使人不平然亦不足怪識眞者少蓋從古所病梁蕭統集文選世以爲工以軾觀之拙於文而陋於識者莫統若也宋玉賦高唐神女其初畧陳所夢之因如子虛亡是公相與問答皆賦矣而統謂之敘此與兒童之見何異李陵蘇武贈別長安而詩有江漢之語及陵與武書詞句儇淺正齊梁間小兒所擬作決非西漢文而統不悟劉子玄獨知之范曄作蔡琰傳載其二詩亦非是董卓已死琰乃

通極貫應中
間引古皆是
自寫

流落方卓之亂伯喈尚無恙也而其詩迺云以卓
亂故流入於胡此豈真琰語哉其筆勢迺效建安
七子者非東漢詩也李太白韓退之白樂天詩文
皆爲庸俗所亂可爲太息今足下所示二十卷無
一篇僞者又少謬誤及所示書辭清婉雅奥有作
者風氣知足下致力於斯文久矣軾窮困本坐文
字蓋願刳形去皮而不可得者然幼子過文益奇
在海外孤寂無聊過時出一篇見娛則爲數日喜

寢食有味以此知文章如金玉珠貝未易鄙棄也見足下詞學如此又喜吾同年兄龍圖公之有後也故勉作報書匆匆不宣

近者陋不堪人妄意作奇

用意悃款

與魯直

晁君寄騷，細看甚奇，信其家多異材耶。然有少意，欲魯直以已意微箴之。凡人文字，務使平和，至足餘溢，爲奇怪，蓋出於不得已爾。晁文奇怪似差早，然不可直云耳。非謂其諱也，恐傷其邁往之氣，當爲朋友講磨之語乃宜。不知公謂然否。

坡嘗稱山谷文超逸絕塵，取風騎氣，獨以奇箴晁，欲老其才耳

便有無數轉换

與李公擇

秋色佳哉想有以爲樂人生惟寒食重九愼不可虛擲四時之變無如此節者近有潮州人寄一物其上云扶劳膏不言何物狀似羊脂而堅盛竹筒中公識此物否味其名必佳物也若識之當詳以示可分去或問習海南者子由近作棲賢堂記讀之慘凜覺崩崖飛瀑逼人寒栗

讀求理者隨處參入

便爾從横反

與麗安常

端居靜念思五臟皆止一而腎獨二葢萬物之所終始生之所出死之所入故也太玄罔直蒙酋冥罔爲冬直爲春蒙爲夏酋爲秋冥復爲冬則此理也人之四肢九竅凡兩者皆水屬也兩腎兩足兩外腎兩手兩目兩鼻孔皆水之升降出入也手足兩腎舊說罔與腎相表裏而鼻與目皆古未之言也豈亦有之而僕觀書少不見耶以理推之此兩

處所謂文理自然姿態橫生

者其液皆鹹非水而何僕以爲不得此理則內丹不成此又未易以筆墨究也古人作明目方皆先養腎水而以心火暖之以脾土固之脾氣盛則水不下泄心氣下則水上行水不下泄而上行目安得不明哉孫思邈用磁石爲主而以朱砂神麯佐之豈此理也夫安常博極羣書而善窮物理當爲僕思之是否一報其書

可入參同契註疏

東坡意見遂出時時襲奪

似是衲輩人

與滕達道

某閑廢無所用心專治經書一二年間欲了却論語書易舍弟亦了却春秋詩雖拙學自謂頗正古今之誤粗有益於世瞑目無憾往往又笑不會取快活是措大餘業聞令子手筆甚高見其寫字想見其人超然者也

又

示喻宜甫夢遇於傳無有某聞見不廣何足以質

禪家上乘但是龍象得耳

陶石簣評燒不着處一語可味

理至々言轉語妙捷

然冷煖自知殆未可以前人之有無爲證也自聞此事而士大夫多異論意謂中途必一見得相叅扣竟不果此意衆生流浪火宅纏遶愛賊故爲飢火所燒然其間自有燒不着處一念清淨便不服食亦理之常無足怪者方其不食不可強使食猶其方食不可強使之不食也此間何必生異論乎願公以食不食爲旦暮以仕不仕爲寒暑此外默而識之若以不食爲勝解則與異論者相去無幾

干求中却要得風味

矣偶蒙下問輒此奉廣而已不罪不罪

又

某好攜具野飲欲問公求紅朱累子兩桌二十四隔者極爲左右費然遂成藉草之樂爲不淺也有便望頒示悚息悚息某感時氣臥疾逾月今已全安但幼累更臥尚紛紛也措道人名世昌緜竹人多藝然可閑考驗亦足以遣懣也留此幾一年與之稍熟恐要知之

詞家用古所貴不改一語方見本色

與朱康叔

閣名久思未獲佳者更乞詳閣之所向及側近故事故跡爲幸董義夫相聚多日甚歡未嘗一日不談公美也舊好誦陶潛歸去來嘗患其不入音律近輒微加增損作般涉調哨遍雖微改其詞而不改其意請以文選及本傳考之方知字字皆非創入也謹小楷一本寄上却求爲書抛磚之謂也亦請錄一本與元弼爲病勸不及別作書也數日前

飲醉後作頑石亂篠一紙私甚惜之念公篤好故
以奉獻幸檢至

簡而多風

與姜唐佐秀才

今日霽色猶可喜食已當取天慶觀乳泉潑建茶之精者念非君莫與共之然早來市無肉當相與啖菜飯耳不嫌可只今相過其啟上

袁石公評寥寥數語自饒韻致

此必蜀人故
與之談鄉思

與王慶源

高賨風土食物稍佳但省租公庫減削索然貧儉始至值歲飢人豪剽劫無虚日凡督捕姦兇五七十人近始肅然鬭訟頗簡稍葺治園亭居之亦粗可樂但值登高西南引領郫悵然終日近稍能飲酒終日可飲十五銀盞他日粗可奉陪於瑞草橋路上放歌倒載也

以朱子所識
視薪救火

答范蜀公

承别紙示諭麴蘗有毒平地生出醉鄉土偶作祟眼前妄見佛國公欲哀而救之問所以救者小子何人固不敢不對公方立仁義以爲城池操詩書以爲干楯則舟中之人盡爲敵國雖公盛德小子亦未知勝負所在願公宴坐靜室常作是念當觀彼能惑之性安所從生又觀公欲救之心作何形段此猶不立彼復何依雖黄面瞿曇亦須斂袵而

況學之者耶。聊復信筆。以發公千里一笑而已。

陳眉公評：新詞巧意疊疊迭出

不啻優劣更有

字字吾許風致翩翩

答言上人

去歲吳興倉卒爲别至今耿耿謫居窮陋往還斷盡遠辱不遺尺書見及感怍殊深比日法體佳勝札翰愈精健詩必稱是不蒙見示何也雪齋清境發於夢想此間但有荒山大江脩竹古木每飲村酒醉後曳杖放脚不知遠近亦曠然天眞與武林舊遊未見優劣也何時會合一笑惟萬萬自愛

他語入眼道之加睡足二字便自不同

答呂熈道

南都住半月恍然如一夢耳。思企德義。每以悵然。舍弟朴訥寡徒。非長者輕勢重道。誰肯相厚者。湖州江山風物。不類人間。加以事少睡足。眞拙者之慶。有幹不外。

時戒不作詩文

與蔡景繁

承愛女微疾今已必全安矣某病咳逾月不已雖無可憂之狀而無憀甚矣臨臯南畔竟添却屋三間極虛敞便夏蒙賜不淺朐山臨海石室信如所諭前某嘗攜家一遊時家有胡琴婢就室中作濩索涼州凜然有冰車鐵馬之聲婢去久矣因公復起一念若果遊此當有新篇果爾者亦當破戒奉和也呵呵

又

近來頗佳健一病半年無所不有今又一時失夫無分毫在者足明憂喜浮幻舉非真實因此頗知衛生之經平日妄念雜好掃地盡矣公比來諸況何如刻刷之來不少勞乎思渴之至非筆墨所能盡也

妙處只在尺幅短而轉換多

與徐得之

得之晚得子聞之喜慰可知不敢以俗物爲賀所用硯一枚送上須是學書時矣知似太早然俯仰間便自見其成立但催促吾儕日益潦倒耳恐得之惜別又復前去家中闕人抱孩兒深爲不皇呵呵

送硯致祝字字祝字字不露祝

入俚語有真趣

黃山谷云王元直游東坡雲霧中風氣殊勝由此觀之豈可不擇交游親戚耶

陳眉公評丘文莊嘗言眼前景致便是詩家絕妙

與王元直

黃州真在井底杳不聞鄉國信息不審比日起居何如郎娘各安否此中凡百粗遣江邊弄水挑菜便過一日每見一邸報須數人下獄得罪方朝廷綜核名寔雖才者猶不堪其任況僕頑鈍如此其廢棄固宜但有少望或聖恩許歸田里得款段一僕與子衆丈楊宗文之流往來瑞草橋夜還何村與君對坐莊門喫瓜子炒豆不知當復有此日否

詞觀此益瑾良然

〔巴〕此何爲耶不倫不理偶然有致

存道奄忽使我至今酸辛其家亦安在人還詳示數字餘惟萬萬保愛

又

王箴字元直小名三老翁小字㦸叔元祐四年十月十八日夜與王元直飲酒掇薺菜食之甚美頗憶蜀中巢菜悵然久之

無他亦自饒

猶古詩言嶺上白雲不堪持奉耳

與毛維瞻

歲行盡矣風雨淒然紙牕竹屋燈火青熒時於此間得少佳趣無緣特獻獨享爲愧想當一笑也

肌骨欲冷

是畫之妙不堪自贊故以詼笑語爲方寓意

答賈耘老

今日舟中無他事十指如懸槌適有人致嘉酒遂獨飲一杯醺然徑醉念賈處士貧甚無以慰其意乃爲作怪石古木一紙每遇飢時輒以開看還能飽人否若吳興有好事者能爲君月致米三石酒二斗終君之世者便以贈之不爾者可令雙荷葉收掌須添丁長以付之也

可以樂饑

以奇破澹

救護

與王定國

數日病臥在告不審起居佳否知今日會兩僚清虛陰森正好劇飲無狂客冰玉相對得無少澹否扶病暫起見與子由簡大罵書尺往還正是擾人可憎之物公乃以此爲喜怒乎仙人王遠云得此書當復劇口大罵之固應爾然而不可以徒罵也知公澹甚在發一笑張十七必在坐幸仰意

去罨自在

贈王文甫

昨日大風欲去而不可今日無風可去而我意欲留文甫欲我去者當使風水與我意會如此便當作留客過歲准備也

推意所如

善乎自覺

答僧即以僧譬

答參寥

釋道潛自號參寥子用孫子語也與子瞻少游為詩友其詩清麗不類浮屠語

專人遠來辱手書并示近詩如獲一笑之樂數日喜慰忘味也某到貶所半年凡百粗遣更不能細說大略只似靈隱天竺和尚退院後却在一箇小村院子折足鐺中罨糙米飯喫便過一生也得其餘瘴癘病人北方何嘗不病是病皆死得人何必瘴氣但苦無醫藥京師國醫手裏死漢尤多參寥聞此一笑當不復憂我也故人相知者即以此語

多溪至之言

之餘人不足與道也未會合間千萬爲道善愛自
重

又

穎沙彌書迹巉聳可畏他日眞玅總門下龍象也
老夫不復止以詩句字畫期之矣老師年紀不少
尚留情詩句字畫間爲兒戲事耶然此回示詩超
然眞游戲三昧也居間不免時時弄筆見索書字
要楷法輒在數篇終不甚楷也秖一讀了付穎師

照 頌

兩頭話俱奇

又一層出脱

自信又奇

收勿示餘人也。雪浪齋詩尤奇偉，感激感激。轉海相訪一段奇事，但聞海船遇風，如在高山上墜深谷中，非愚無知與至人，皆不可處。胥靡遺生，恐吾輩不可學。若是至人無一事，冒此險做什麽？千萬勿萌此意。頴師喜於得預乘桴之游耳。所謂無所取裁者，其言不可聽，切切。相知之深，不可不盡。自其實耳。自揣餘生必須相見，公但記此言，非妄語也。

栽木寓自傷之意

與陳天倅

白鶴峰新居成當從天倅求數色果木太大則難活太小則老人不能待當酧中者又須土礁稍大不傷根者爲佳不罪不罪。

遇事成韻

閒中點綴

與米元章

某昨日啖冷過度夜暴下旦復疲甚食黃芪粥甚美臥閱四印奇古失病所在明日會食乞且罷需稍健或雨過翛然時也印卻納

蕭然不俗尺牘擅場

東坡所作禪家文字多然皆一時率筆成趣獨此十八贊沉思而得之景既幽澹句復淵妙當為獨步
茅鹿門評此等文字韓歐所不欲為此等見解韓歐所不能及由長公少悟禪宗及過南海後遍歷劫

十八大阿羅漢頌

蜀金水張氏畫十八大阿羅漢軾謫居儋耳得之民間海南荒陋不類人世此畫何自至哉父逃空谷如見師友乃命過躬易其裝標設燈塗香果以禮之張氏以畫羅漢有名唐末蓋世擅其藝今成都僧敏行其玄孫也梵相奇古學術淵博蜀人皆曰此羅漢化生其家也軾外祖父程公少時游京師還遇蜀亂絕糧不能歸困臥旅舍有僧十六人

幻以此心性超朗乃萬可謂絕世之文

此十八題俱意外有會余㐲愛之

往見之曰我公之邑人也各以錢二百貸之公以是得歸竟不知僧所在公曰此阿羅漢也歲設大供四公年九十凡設二百餘供今軾雖不親覩其人而困厄九死之餘鳥言卉服之間獲此奇勝豈非希濶之遇也哉乃各即其體像而窮其思致以爲之頌

第一尊者結跏正坐蠻奴側立有鬼使者稽顙於前侍者取其書通之頌曰

淒絕雋絕

悠然有遠思

月明星稀孰在孰亡煌煌東方惟有啟明咨爾上座及阿闍梨代佛出世惟大弟子

第二尊者合掌趺坐蠻奴捧牘於前老人發之中有琉璃器貯舍利十數頌曰

佛無滅生通塞在人墻壁瓦礫誰非法身尊者斂手不起於坐示有敬耳起心則那

第三尊者扶烏木養和正坐下有白沐猴獻果侍者執盤受之頌曰

甚懈弱讀至此令人短氣

屈三指却云爲三爲七大是慧心

我非標人人莫吾識是雪衣者豈具眼隻方食知獻何愧於猿爲語栭子勿憎王孫

第四尊者側坐屈三指答胡人之問下有蠻奴捧函童子戲捕龜者頌曰

彼問云何計數以對爲三爲七莫有知者雷動風行屈信指間汝觀明月在我指端

第五尊者臨淵濤抱膝而坐神女出水中蠻奴受其書頌曰

如止水魚鱗鬣可數

形與道一道無不在天宮鬼府奚往而礙婉彼奇女躍於濤瀧神馬尻輿攝衣從之

第六尊者右手支頤左手拊稺獅子顧視侍者擇瓜而剖之頌曰

手拊雛猊目視瓜獻甘芳之意若達於面六塵並入心亦徧知即此知者爲大摩尼

靈妙絕倫

第七尊者臨水側坐有龍出焉吐珠其手中胡人持短錫杖蠻奴捧鉢而立頌曰

我以道眼爲傳法宗爾以願力爲護法龍道成願
滿見佛不作盡取玉函以畀思邈

第八尊者並膝而坐加肘其上侍者汲水過
前有神人涌出於地捧盤獻寶頌曰

爾以捨來我以慈受各獲其心寶則誰有視我如
爾取與則同我爾福德如四方空

第九尊者食已撲鉢持數珠誦呪而坐下有
童子搆火具茶又有埋筒注水蓮池中者頌

曰。飯食已畢，撲鉢而坐，童子茗供，吹籥發火。我作佛事，淵乎妙哉！空山無人，水流花開。

得意處實然忘言

第十尊者執經正坐，有仙人侍女焚香於前。頌曰：

飛仙玉潔，侍女雲湫，稽首炷香，敢問致道。我道大同，有覺無脩，豈不長生，非我所求。

第十一尊者趺坐焚香，侍者拱手，胡人捧函

而立頌曰

前聖後聖相喻以言口如布穀而意莫傳莫觀寂

如諸根自側𢿘知此香一炷千偈

第十二尊者正坐入定枯木中其神騰出於

上有大蟒出其下頌曰

默坐者形空飛者神二俱非是𢿘爲此身佛子何

爲懷毒不已願解此相問誰縛爾

第十三尊者倚杖垂足側坐侍者捧函而立

妃字奇絶

有至理語復柔濟

身移怨存謂此一角亂前身亦胡人也

有虎過前有童子怖匿而竊窺之頌曰

是與我同不噬其妃一念之差墮此髬髵導師慈愍爲爾顰歎以爾猛裂復性不難

第十四尊者持鈴杵正坐誦咒侍者整衣於右胡人橫短錫跪坐於左有虬一角若仰訴者頌曰

此亂字指胡人

彼髯而虬長跪自言特角亦來身移怨存以無言音誦無説法風止火滅無相仇者

楚紅先生意趣

第十五尊者鬚眉皆白袖手趺坐胡人拜伏於前蠻奴手持拄杖侍者合掌而立頌曰

聞法最先事佛亦久耄然衆中是大長老薪水井臼老矣不能摧伏魔軍不戰而勝

第十六尊者横如意趺坐下有童子發香篆侍者注水花盆中頌曰

盆花浮紅篆烟繚青無問無荅如意自横點瑟既希回琴不鼓此間有曲可歌可舞

第十七尊者臨水側坐仰觀飛鶴其一既下集矣侍者以手拊之有童子提竹籃取果實投水中頌曰

引之浩茫與鶴皆翔藏之幽深與魚皆沉大阿羅漢入佛三昧俯仰之間再拊海外

第十八尊者植拂支頤瞪目而坐下有二童子破石榴以獻頌曰

植拂支頤寂然跏趺尊者所游物之初耶聞之於

不援儒更妙

是跋未諧

佛及吾子思名不用處是未發時

跋尾

佛滅度後閻浮提衆生剛很自用莫肯信入故諸賢聖皆隱不現獨以像設遺言提引未悟而峨眉五臺廬山天台猶出光景變異使人了然見之軾家藏十六羅漢像每設茶供則化爲白乳或凝爲雪花桃李芍藥僅可指名或云羅漢慈悲深重急於接物故多現神變儻其然乎今於海內得十八

羅漢像以授子由弟使以時修敬遇夫婦生日輒設供以祈年集福并以前所作頌寄之子由以二月二十日生其婦德陽郡夫人史氏以十一月十七日生是歲中元日題

陶石簣評曰擘道存依稀作華嚴境界矣

立喻奇他人夢想不到

答孔君頌

夢中掇井及半而止出入不能本非住處我今何爲目作此苦忽然夢覺身在床上不知向來本元無井不應復作出入住想道無深淺不無遠近見物失空空未嘗滅物去空現亦未嘗生應當正念作如是觀

雖戲而有玄情

禪戲頌

已熟之肉無復活理投在東坡無礙羹釜中有何不可問大王禪和子且道是肉是素喫得是喫不得是大奇大奇一盌羹勘破天下禪和子

此處眾竟如何作答胡海陵云莫要排

隨說隨掃

又掃一層

十二時中偈

十二時中嘗切覺察遮箇是什麽十二月二十日自泗守席上回忽然夢得箇消息乃作偈曰

百滚油鐺裏恣把心肝爍遮箇在其中不寒亦不熱似則是似是則未是不唯遮箇不寒熱那箇也不寒熱咄甚吽做遮箇那箇

此因夢中有得而記之者故序載月日

居士蓋有道者也

南屏激水偈

水激之高如所從來屈伸相報報盡而止止不失平於以觀法

熙寧中作此偈以示用文閣黎後十六年再過南屏復錄以示雲玩上座元祐四年九月望日

奇思

木峰偈

元豐七年臘月朔日東坡居士過臨淮謁普照王塔過襄師房觀所藏佛骨舍利捨木山一峰供養乃說偈言

楞然無根生意永斷刼火洞然爲君作炭

莊子有云無聽之以耳而聽之以心無聽之以心而聽之以氣凡禪宗文字半須氣聽

觀藏眞畫布袋和尚像偈

拄杖指天布袋着地掉却數珠好一覺睡齋罷也洗鉢盂去

起便楚楚

此法東坡屢言之

養生偈

已饑方食未飽方止散步逍遥務令腹空每腹空時即便入定不拘晝夜坐卧自便惟在攝身使如木偶常自念言我今此身若少動揺如毛髮許便墮地獄如商君法如孫武令事在必行有死無犯又必用佛及老莊語眂鼻端白數出入息緜緜若存用之不勤數至數百此生寂然此身兀然與虚空等不煩禁制自然不動數至數千或不能數則

有一法強名曰隨與息俱出復與俱入隨之不已一旦自在不出不入或覺此息從毛孔中八萬四千雲蒸雨散無始已來諸病自除諸障自滅自然明悟譬如盲人忽然有眼此時何用求人指路是故老人言盡於此

由循隨勢如自然出水入不施雕琢

敘狂態曲盡
鄒孔肩評
奇人奇文如
文如画

郤忠恕畫贊

右張夢得所藏郤忠恕畫山水屋木一幅忠恕字恕先以字行洛陽人少善屬文及史書小學通九經七歲舉童子漢湘陰公辟從事與記室董裔爭事謝去周祖召爲周易博士國初與監察御史符昭文爭忿朝堂貶乾州司戶秩滿遂不仕放曠岐雍陝洛間逢人無貴賤口稱猫遇佳山水輒留旬日或絶粒不食盛夏暴日中無汗大寒鑿冰而浴

陳眉公評
高

尤善画玅於山水屋木有求者必怒而去意欲画
郎自爲之郜從義鎮岐下延止山亭設絹素粉墨
於坐經數月怒乘醉就圖之一角作遠山數峰而
已郜氏亦寶之岐有富人子喜画日給醇酒待之
甚厚乆乃以情言且致匹素怒先爲画小童持線
車放風鳶引線數丈滿之富家子大怒遂絶時與
役夫小民入市肆飲食曰吾所與遊皆子類也太
宗聞其名召赴闕館於内侍省押班竇神興舍怒

結語超

先長鬚而美忽盡去之神與驚問其故曰聊以效顰神與大怒除國子監主簿出館於太學益縱酒肆言時政頗有謗讟語聞決杖配流登州至齊州臨清謂部送吏曰我逝矣因掊地爲定度可容面俯窺焉而卒槀葬道左後數月故人欲改葬但衣衾存焉蓋屍解也贊曰

長松攙天蒼壁插水憑欄飛觀縹緲誰子空蒙寂歷煙雨滅沒恕先在焉呼之或出

用成語不據不琢

柳毅見涇川婦牧羊問爲何物曰雨工芒屩卜式事而鹽湯乃晉事二合用之

顧愷之畫黃初平牧羊圖贊

先生養生如牧羊。放之無何有之鄉。止者自止行者行。先生超然坐其旁。挾策讀書羊不亡。化而爲石起復僵。流涎磨牙笑虎狼。先生指呼羊服箱。號稱雨工行四方。莫隨上林芒屩郎。齅門舐地尋鹽湯

袁石公評 川歌行體

三士之笑不須更着一語却推到小童猿鹿輩皆含笑意便自解脱

三笑圖贊

彼三士者得意忘言盧胡一笑其樂也天嗟此小童麋鹿狙猿爾各何知亦復粲然萬生紛綸何鄙何妍各笑其笑未知孰賢

歐陽永叔書室圖三笑於壁想見石恪所作坡公所贊不知為誰然與此無異

以字證禪與若達篇同函理更造微且於人情痛癢更真

小篆般若心經贊

草隸用世今千載少而習之手所安如舌於言無揀擇終日應對惟所問忽然使作大小篆如正行走值墻壁縱復學之能粗通操筆欲下仰尋索譬如鸚鵡學人語所習則能否則默心存形聲與點畫何暇復求字外意世人初不離世間而欲學出世間法舉足動念皆塵垢而以俄頃作禪律禪律若可以作得所不作處安得禪善哉李子小篆字

六篆聖

其閒無篆亦無隸心忘其手手忘筆筆自落紙非我使正使怨怨不少暇倏忽千百初無難稽首般若多心經請觀何處非般若

自然成文
叙功處直捷

李西平畫贊

以吾觀西平王提孤軍自北方赴行在走懷光斬朱泚如反掌及其後帥鳳翔與隴右隙河湟兵益振謀既藏終不能取尋常墮賊計困平涼卒罷兵赴三將誰之咎在廟堂斬馬劒誅延賞爲葅醢不足償覽遺像涕泗滂

豪宕可喜

不須玄霧明月自親

辯才大師眞贊

余頃年嘗聞妙法於辯才老師今見其画像乃以所聞者贊之即之浮雲無窮去之明月皆同欲知明月所在在汝唾霧之中

以贊翔贊自以曹叙叙勝此不事援引即以所聞為贊坡公我用我法

有漫搭忘言之意吾丢處之

李伯時所画沐猴馬贊

吾觀沐猴以馬爲戲至使此馬竊銜詭轡沐猴宜馬眞虚言爾

南渡以前猶重李公麟伯時伯時斗馬斟酌韓戴似於董李所未及也

蘇長公小品卷三

銘

遼寧省圖書館藏
陶湘舊藏閔凌刻本集成

雜著

補龍山文
問養生
日喻
送于伋失官東歸
酒經
藥誦
怪石供
後怪石供

題跋

妙於用虚試檢通篇惝怳論及寒瘦差有其實餘皆假設之言

蘇長公小品卷三

古揚王聖俞評選

陸道士墓誌銘

道士陸惟忠字子厚眉山人家世爲黄冠師子厚獨狷潔精苦不容於其徒去之遠游始見余黄州出所作詩論内外丹指畧蓋自以爲决不死者然予嘗告之曰子神清而骨寒其清可以仙其寒亦足以死其後十五年復來見余惠州則得瘦疾骨

見衣表然詩益工論內丹外丹益精曰吾眞坐寒
而死矣每從事於養生輒有以敗之類物有害吾
生者余曰然子若死必復爲道士以究此志余時
適得美石如黑玉曰當以是志子墓子厚笑曰幸
甚久之子厚去余之河源開元觀客於縣令馮祖
仁而余亦謫海南是歲五月十九日竟以疾卒年
五十祖仁葬之觀後葢紹聖四年也銘曰
嗚呼多藝此黃冠詩基醫卜內外丹無求於世宜

堅完龜飢鶴瘦終難安哀哉六巧坐一寒祝子復
來少宏寬毋復清詩助痟酸龍虎尤成無或妬往
駕赤螭驂青鸞

坡公于天下未嘗銘墓獨銘五人而陸道士以
丹學得邀公銘榮施多矣

故須紀異却復多姿起語便自楚楚

鼠態曲盡

却鼠刀銘

野人有刀不愛遺余長不滿尺劒鋏之餘文如連環上下相繆錯之則見或漫如無昔所從得戒以自隨畜之無害暴黠是除有穴於垣侵堂及室跳牀撼幕終夕窣窣叱訶不去啖嚙棗栗撇盃舐釡去不遺粒不擇道路仰行躡壁家爲兩門窘則旁出輕趫捷猾忽不可執吾不入門是去無跡又有甚者聚爲怪妖晝出羣鬬相視睢盱舞於端門與

調致都佳

主雜居猫見不噬又乳於家狃於永氏謂世皆然亟磨吾刀槃水致前炊未及熟肅然無蹤物豈有是以爲不誠試之彌旬爲凛以驚夫猫鷙禽晝巡夜伺拳腰弭耳目不及顧鬚擾於穴走赴如霧碎首屠腸終不能去是獨何爲宛然尺刀匣而不用無有爪牙彼畝爲畏相率以逃嗚呼嗟夫吾苟有之不言而諭是亦何勞

跌○法○好

東坡幼年作此銘曾祖稱之命佳楷手寫裝諦針於所居壁上

九成臺銘

韶陽太守狄咸新作九成臺玉局散吏蘇軾爲之銘曰。自秦并天下滅禮樂韶之不作蓋千三百一十有三年其器存其人亡則韶旣已隱矣而況於人器兩亡而不傳雖然韶則亡矣而有不亡者存蓋常與日月寒暑晦明風雨並行於天地之間世無南郭子綦則耳未嘗聞地籟也而況得聞其天使耳

淺篤立意多用此法然乃所謂鑿空而易奇矣

他人只云千餘年

不圖韶之至於斯也

聞天籟則凡有形有聲者皆吾羽旄干戚管磬匏絃嘗試與子登夫韶石之上舜峰之下望蒼梧之眇莽九疑之聯緜覽觀江山之吐吞草木之俯仰鳥獸之鳴號衆竅之呼吸往來唱和非有度數而均節自成者非韶之大全乎上方立極以安天下人和而氣應氣應而樂作則夫所謂簫韶九成來鳳鳥而舞百獸者旣已粲然畢陳於前矣建中靖國元年正月一日

附攷　慶曆七年丁亥十有二作

天研立名甚奇

若取全於形手則仰唇俯足世固多有其奈非佳研

天石研銘

軾年十二時於所居紗縠行宅隙地中與羣兒鑿地爲戲得異石如魚膚温瑩作淺碧色表裏皆細銀星扣之鏗然試以爲研甚發墨無貯水處先君曰是天研也有研之德而不足於形耳因以賜軾曰是文字之祥也軾寶而用之且爲銘曰

一受其成而不可更或全於德或全於形均此二者顧予安取仰唇俯足世固多有

齊物論

何其意趣合藹如然
拳拳之思

元豐二年秋余得罪下獄家屬流離書籍散亂明年至黃州求硯不復得以爲失之矣七年七月舟行至當塗發舊書笥忽復見之喜甚以付迨過其匣雖不工乃先君手刻其受硯處而使工人就成之者不可易也

洮河石綠如藍深如玉發墨不減端溪然在河底得之爲無價寶

黄魯直所惠洮河石硯銘

洮之礪發金鐵琢而泓堅密澤郡洮岷至中國棄矛劍參筆墨歲丙寅斗東北歸余者黄魯直

咄咄

揚一本作暘

鼎硯銘

鼎無耳槃有趾鑑幽無見几不倚揚蟲隕羿喪厥喙羽淵之化帝祝尾不周傾裂東南圯黙然而深維水委誰乎爲此昔未始戲名其臀加幻詭

銘古麗欲須奇古

桄榔題極大者一極小題目錯

摘葉二字奇

桄榔庵銘

東坡居士謫於儋耳無地可居偃息於桄榔林中摘葉書銘以記其處

九山一區帝爲方輿神尻以遊孰非吾居百柱負屭萬瓦披敷上棟下宇不煩兵夫海氛瘴霧吞吐吸呼蝮蛇魑魅出怒入娛習苦堂奧雜處帝奴東坡居士強安四隅以動寓止以實託虛放此四大還於一如東坡非名岷峨非廬鬚髮不改示現毗

盧無作無止無欠無餘生謂之宅死謂之墟三十
六年吾其捨此跨汗漫而遊鴻濛之都乎

謫官乃至無屋住尚以文章自娛覽此可以曠
懷

老子云正言若反此足盡禪理

澹軒銘

以船撐船船不行以鼓打鼓鼓不鳴子欲察味而辨色何不坐於澹軒之上出澹語以問澹叟則味自味而色自形吾然後知澹叟之不澹蓋將盡口眼之變而起無窮之爭其自謂叢林之一害豈虛名也哉

數澹字有味

夕字立名甚奇

夕庵銘

與晝皆作霧散毛𦚏夜氣既歸肝膽是宅我名夕庵維以照寂八萬四千忽然如一

內視之學

上四語禅言下四語惻然仁人也語又柔澹可愛

惠州官葬暴骨銘

有宋紹聖二年官葬暴骨於是是豈無主仁人君子斯其主矣東坡居士銘其藏曰

人耶天耶隨念而徂有未能然宅此枯顱後有君子無廢此心陵谷變壞復棺衾之

時詹守議葬暴骨先生銘之故其詩又有江干白骨已啣恩之句

寓以自解

文勛篆銘

世人篆字隸體不除如浙人語終老帶吳安國用筆意在隸前汲冢魯壁周鼓秦山

安國兼工書坡謂其略不搆思

茅鹿門評通篇將無作有轉轆不窮多從戰國口辨中來子瞻論武王雖非萬世公論而其原孔子之所與以見其所欲罪援書之所及以見其所不及又以春秋所書趙盾者以案武王亦成一家縱橫

武王

武王克殷以殷遺民封紂子武庚祿父使其弟管叔鮮蔡叔度相祿父治殷武王崩祿父與管蔡作亂成王命周公誅之而立微子於宋蘇子曰武王非聖人也昔孔子蓋罪湯武顧自以爲殷之子孫而周人也故不敢然數致意焉曰大哉巍巍乎堯舜也禹吾無間然其不足於湯武也亦明矣曰武盡美矣未盡善也又曰三分天下有其二以服事

之言錢文登許文有筆力前面虛引作証後面實入武庚俱繫匠心國手特其滚非武王過予文着於義理未當

殷周之德其可謂至德也巳矣伯夷叔齊之於武王也葢謂之弑君至恥之不食其粟而孔子予之其罪武王也甚矣此孔氏之家法也世之君子苟自孔氏必守此法國之存亡民之死生將於是乎在其孰敢不嚴而孟軻始亂之曰吾聞武王誅獨夫紂未聞弑君也自是學者以湯武爲聖人之正若當然者皆孔氏之罪人也使當時有良史如董狐者南巢之事必以叛書牧野之事必以弑書而

虛誑

此一轉從趙盾弑君來

茅鹿門評：文王之王由武王定天下後追稱之，何嘗行天子事，即伐崇戡黎，皆奉商王西伯之命而專征耳。

湯武仁人也必將爲法受惡周公作無逸曰殷王
中宗及高宗及祖甲及我周文王兹四人迪哲上
不及湯下不及武王亦以是哉文王之時諸侯不
求而自至是以受命稱王行天子之事周之王不
王不討紂之存亡也使文王在必不伐紂紂不見
伐而以考終或死於亂殷人立君以事周命爲二
王後以祀殷君臣之道豈不兩全也哉武王觀兵
於孟津而歸紂若改過否則殷改立君武王之待

此一段屢分未明

文若佐操摠是挾天子以令諸侯何得籍王者之事操之篡漢内其始事本謀何得直遽之以謀九錫

殷亦若是而已矣天下無王有聖人者出而天下歸之聖人之所以不得辭也而以兵取之而放之而殺之可乎漢末大亂豪傑並起荀文若聖人之徒也以爲非曹操莫與定海内故起而佐之所以與操謀者皆王者之事也文若豈教操反者哉以仁義救天下天下既平神器自至將不得已而受之不至不取也此文王之道文若之心也及操謀九錫則文若死之故吾嘗以文若爲聖人之徒者

唐荆川評
截然而斷接
得無一些痕
迹

以其才似張子房而道似伯夷也殺其父封其子其子非人也則可使其子而果人也則必死之楚人將殺令尹子南子南之子棄疾爲王馭士王泣而告之既殺子南其徒曰行乎曰吾與殺吾父將行焉入然則臣王乎曰棄父事讐吾弗忍也遂縊而死武王親以黄鉞誅紂使武庚受封而不叛豈復人也哉故武庚之必叛不待智者而後知也武王之封蓋亦有不得已焉耳殷有天下六百年賢

陳眉公評
此固近之矣
微子之封公
又謂何

聖之君六七作紂雖無道其故家遺民未盡滅也三分天下有其二殷不伐周而周伐之誅其君夷其社稷諸侯必有不悅者故封武庚以慰之此豈武之意哉故曰武王非聖人也

劊子手

陡結

陶石簣評
折倒一大聖大賢譚何容易全賴周
孔作証據篇法自黃州度傳來

遺魯連不得
伴說肴態

顏斶巧於安貧

顏斶與齊王遊食必大牢出必乘車妻子衣服麗都斶辭去曰玉生於山制則破焉非不寶貴也然而璞不完士生於鄙野推選則祿焉非不尊遂也然而形神不全斶願得歸晚食以當肉安步以當車無罪以當貴清淨貞正以自娛嗟乎戰國之士未有如魯連顏斶之賢者也然而未聞道也晚食以當肉安步以當車是猶有意於肉於車也晚食

句新妙

自美安步自適取其美與適足矣何以當肉與車
爲哉雖然蠋可謂巧於居貧者也未飢而食雖八
珎猶草木也使草木如八珎惟晚食爲然蠋固巧
矣然非我之久於貧不能知蠋之巧也

袁石公評：總是馬遷酒極則亂句

淳于髡一石亦醉

淳于髡言一斗既醉一石亦醉至於州閭之會男女雜坐幾於勸矣而何諷之有以吾觀之蓋有微意以多少之無常知飲酒之非我觀變識妄而平生之嗜亦少衰矣是以託於放蕩之言而能已荒主長夜之飲未有識其趣者元祐六年六月十三日偶讀史記書此

事皆近厚而意趣有別

劉凝之沈士麟

梁史劉凝之爲人認所著履卽與之此人後得所失履送還不肯復取又沈士麟亦爲鄰人認所著履士麟笑曰是卿履耶卽與之鄰人得所失履送還士麟曰非卿履耶笑而受之此雖小事然處事當如士麟不當如凝之也

後世事君者不復有此一副心腸誠然可歎其文章剴奏特纏綿委曲無限情致

附考
漢書無翁字

争漢書作守

趙充國用心可重

始予觀充國策先零匈奴情僞曰何其明也又觀遺雕車行羌中告諭阻辛武賢先攻罕开守便宜不出師晝屯田十二利專務以恩信積穀招降以謂此從容以義用兵與夫逞詐積議疲人於一戰者絕殊最末觀其語將校曰諸君皆便文自營爾非爲公家忠計也語郎中曰是何言之不忠也吾固以死爭之語浩星賜曰吾老矣豈嫌伐一時事

黄震評
明主可與忠言老臣英語凜然古大臣風烈

宛如世情

以欺明主哉老臣不以餘命爲陛下言之卒死誰當復言之卒以其意白上云嗚呼使有位君子皆用其心如充國則古今天下豈有不治者哉嘗觀於內公卿士大夫之議曰法當然柰何觀於外將校之議曰詔如是不當違詔也凡在我一入一出未有止障也脫有能言一事其言不用則矜語於人曰某事吾嘗言之上不我用也我則無負終不更犯顏色往復論也況於以死守而不欺豈復有

反覆感嘆有味

又一感嘆

哉而以餘命受祿位者併肩立也豈特才不及充國忠又不如可歎也夫充國之用心人臣常道爾然與充國同時在漢廷人未聞皆然而充國獨然故可重也噫今之人不及往時遠矣則充國益可重也予既觀充國而感今之人又觀宣帝與之上下議而格排羣疑用之遂無勞兵下羌寇不知其能功名亦遇主然也噫宣帝充國可重也況三代君臣間哉下其肯有欺上上其容有間然乎而觀

揚子雲贊不及此區區論功爾功古今豈無大者哉。不若原其心以勵事君也。班固又不出語山東氣俗。故著云爾。

漢名將衛霍然以深進遠討為功獨充國深識世安一為宣帝言使天下知養威持重其用心之忠坡公特揭之為後世人臣法

余平生最愛這一段慷慨風流因欲廣蒐此類著一書名英雄覽有志未就此東坡亦同此心故録出之耳不同立論也

周瑜雅量

曹公聞周瑜年少有美才謂可游説動也乃密下揚州遣九江蔣幹往見瑜幹有儀容以才辯見稱獨步江淮之間乃布衣葛巾自托私行詣瑜瑜出迎之立謂幹曰子翼良苦遠涉江湖爲曹公作説客耶幹曰吾與足下州里中間隔别遥聞芳烈故來叙闊并觀雅規而云説客無乃逆詐矣乎瑜曰吾雖不及夔曠聞絃賞音足知雅曲後三日瑜請

折倒

幹同歡營中行視倉庫軍資器仗訖還飲燕示之
侍者服飾珍玩之物因謂幹曰丈夫處世遇知己
之主外託君臣之義內結骨肉之恩言行計從禍
福共之假使蘇張更生酈叟復出猶將撫其背而
折其辭豈足下小生所能移乎幹笑而不言還稱
周瑜雅量高致非言辭所間中州之士以此多之
蘇子曰曹孟德所用皆爲人役者也以子房待文
若然終不免殺之豈能用公瑾之流度外之士哉

亦是愛而録之非務勝之

遠寄

阮籍

世之所謂君子者惟法是脩惟禮是克手執圭璧足履繩墨行欲爲目前檢言欲爲無窮則少稱鄉黨長聞鄰國上欲圖三公下不失九州牧獨不見夫羣虱之處褌中乎逃乎深縫匿乎敗絮自以爲吉宅也行不敢離縫際動不敢出褌襠自以爲得繩墨也然炎丘火流焦邑滅都羣虱處於褌中不能出也君子之處域内何異夫虱之處褌中乎此

此上俱阮語

阮籍之胸懷本趣也籍未嘗臧否人物口不及世事然禮法之士疾之如仇讐獨賴司馬景王保持之爾其去死無幾以此論之亦虱之出入往來於衣褌中間者也安能笑褌中之藏乎吾故書之爲將來君子一笑戊寅冬至日

世之學佛者皆務深求之千蹊萬徑轉益迷悶東坡乃更淺求之淺求之以出其真味而後精深者有所依而立或問聖人之道何在余曰在為善善在何處予曰在孝弟亦猶是也

袁宏論佛說

袁宏漢紀曰浮屠佛也西域天竺國有佛道焉佛者漢言覺也將以覺悟羣生也其教也以脩善慈心爲主不殺生專務清淨其精者爲沙門沙門漢言息也蓋息意者欲歸於無爲又以爲人死精神不滅隨復受形生時善惡皆有報應故貴行脩善道以煉精神以至無生而得爲佛也東坡居士曰此殆中國始知有佛時語也雖淺近大畧具足矣

野人得鹿正爾煑食之耳其後賣與市人遂入公
庖中饌之百方然鹿之所以美未有絲毫加於煑
食時也

須予自號傭天翁其趣緣此

省捷

交過語六欵

王景文

宋明帝詔答王景文其畧曰有心於避禍不若無心於任運千仞之木既摧於斧斤一寸之草亦悴於踐蹋晉將畢萬七戰皆獲死於牖下蜀將費禕從容坐談斃於刺客故甘心於履危未必逢禍從意於處安未必全福此言近於達者然明帝竟殺景文哀哉哀哉景文之死也詔言朕不謂卿有罪然吾不能獨死請子先之詔至景文正與客棊竟

歛子納奩中徐謂客曰有詔見賜以死酒至未飲門生焦度在側傾酒抵地曰丈夫安能坐受死州中文武可以一奮景文曰知卿至心若見念者爲我百口計乃謂客曰此酒不可相勸乃仰飲之蘇子曰死生亦大矣而景文安之豈貪權竊國者乎明帝可謂不知人者矣

明帝收主也而詔語大是造理之言故東坡錄之

劉越石評
滑稽于文者

蕭然有致

附考
平公飲酒宰

補龍山文

丙子重九客有言桓温龍山之會風吹孟嘉帽落温遣孫盛嘲之嘉作解嘲文辭超卓四坐歎服恨今世不見此文予迺戲爲補之曰

征西天府重九令節駕言龍山燕凱羣哲壺歌雅奏緩帶輕帢胡爲中觴一笑粲發楩楠競秀榆柳獨脫驥騄交騖駑蹇先蹶楚狂醉亂隕帽莫覺戎服囚首枯顱茁髮維明將軍度量閎達容此下士

夫杜蕢為過酌之公曰寡人亦有過爾飲寡人蕢洗而揚觶

莊子云醉者之墜車雖疾不死其神全也

顛倒冠轘宰夫楊觶兕觥舉罰請歌相鼠以侑此爵　右嘲

吾聞君子蹈常履素嗁明風雨不改其度平生丘壑散髮箕踞墜車天全顛沛何懼腰適忘帶足適忘屨不知有我帽復奚數流水莫繫浮雲暫寓飄然隨風非去非取我冠明月被服寶璐不纓而結不簪而附歌詩寧擇請歌相鼠罰此陋人俾出童羖　右解嘲

使人正襟斂手而讀之者左傳也使人手舞足蹈而讀之者莊子也東坡得莊子意

陶石簣評 安和兩字怪老氏專氣致柔來

陳眉公評 未見透髓尚在道理之間非養生之至也

問養生

余問養生於吴子得二言焉曰和曰安何謂和曰子不見天地之爲寒暑乎寒暑之極至於折膠流金而物不以爲病其變者微也寒暑之變晝與日俱逝夜與月並馳俯仰之間屢變而人不知者微之至和之極也使此二極者相尋而狎至則人之死久矣何謂安曰吾甞自牢山浮海達於淮遇大風焉舟中之人如附於桔槔而與之上下如蹈車

輪而行反逆眩亂不可止而吾飲食起居如他日吾非有異術也惟莫與之爭而聽其所爲故凡病我者舉非物也食中有蛆人之見者必嘔也其不見而食者未嘗嘔也請察其所從生論八珍者必嚥言糞穢者必唾二者未嘗與我接也唾與嚥何從生哉果生於物乎果生於我乎知其生於我也則雖與之接而不變安之至也安則物之感我者輕和則我之應物者順外輕內順而生理備矣吳

子古之靜者也其觀於物也審矣是以私識其言而時省觀焉

善鹿門許近有道者之言

妙道不可以告人，而可以告人以其不可以告人者，告人是真告人。此篇引而不發，可謂方便濟人者矣。陶石簣評

千古評道者，依附影響之習，被此公一口打來。妙絕，自莊子得來。

日喻

生而眇者不識日，問之有目者，或告之曰：日之狀如銅槃。扣槃而得其聲，他日聞鐘，以爲日也。或告之曰：日之光如燭。捫燭而得其形，他日揣籥，以爲日也。日之與鐘籥亦遠矣，而眇者不知其異，以其未嘗見而求之人也。道之難見也甚於日，而人之未習也，無以異於眇。達者告之，雖有巧譬善導，亦無以過於槃與燭也。自槃而之鐘，自燭而之籥，轉

精

經撰俱活

而相之豈有既乎故世之言道者或卽其所見而名之或莫之見而意之皆求道之過也然則道卒不可求歟蘇子曰道可致而不可求何謂致孫武曰善戰者致人不致於人孔子曰百工居肆以成其事君子學以致其道莫之求而自至斯以爲致也歟南方多沒人日與水居也七歲而能涉十歲而能浮十五而能沒矣夫沒者豈苟然哉必將有得於水之道者日與水居則十五而得其道生不

識水則雖壯見舟而畏之故北方之勇者問於没人而求其所以没以其言試之河未有不溺者也故凡不學而務求道皆北方之學没者也昔者以聲律取士士雜學而不志於道今者以經術取士士求道而不務學渤海吳君彦律有志於學者也方求舉於禮部作日喻以告之

錢文登許此作根極理致確有識見非漫然下筆者宋儒謂子瞻文章孚學之憤激求勝之感慨而發以諧謔出此文不然

蕩漾

附考

齊騶忌謂妻我孰與徐公美妻曰君美甚後問其妾妾亦然忌曰妻之美我者私我也妾之美我者畏我也東坡之翰旋蓋本諸此

送于伋失官東歸

世俗之患患在悲樂不以其正非不以其正其所取以爲正者非也請借子以明其正子之失官有爲子悲如子之自悲者乎有如子之父兄妻子之爲子悲者乎子之所以悲者惑於得也父兄妻子之所以悲者惑於愛也惟不與於已者則不惑亦不悲夫惑則悲不惑則不悲人宜以惑者爲正歟抑將以不惑者爲正歟以不惑者爲正則不悲者

若填入道德仁義字便是俗業

又摳入世情

又一翻跌

正也然子亦有所樂者曰吾之所以爲吾者豈以是哉雖失是其所以爲吾者猶存則吾猶可樂焉已而不樂又從而悲之則亦不忍夫天下之凡愛我者之悲而不釋夫天下之凡惡我者之喜也夫愛我而悲惡我而喜是知我之粗也樂其所以爲吾者存是自知之深也人不以自知之深爲正而以知我之粗者爲正是得爲正也歟故吾願爲子言其正子將終身樂而不怒詩云優哉游哉聊以

卒歲。

達者之言辨士之口讀罷可以起舞

内帳酒薄筆
成笑書太史
尚矣此亦其
支流也
附攷
歐陽公醉翁
亭記与坡公
酒經皆以也
字爲絶句歐
陽二十一也
字坡用十六
也字歐記人
人能讀至於
酒經知之者
無幾
此經無一也

酒經

南方之氓以糯與秔雜以卉藥而爲餅嗅之香嚼之辣揣之枵然而輕此餅之良者也吾始取麪而起酡之和之以薑液蒸之使十裂繩穿而風戾之愈久而益悍此麴之精者也米五斗以爲率而五分之爲三斗者一爲五升者四三斗者以釀五升者以投三投而止尚有五升之贏也始釀以四兩之餅而每投以二兩之麴皆澤以少水取足以散

字必押韻晴寫賦作而讀之者不覺其瀲昂潤妙非世間筆墨所能形容

解而勻停也釀者必甕按而井泓之三日而井溢此吾酒之萌也酒之始萌也甚烈而微苦蓋三投而後平也凡餅裂而麴和投者必屢嘗而增損之以舌爲權衡也既溢之三日乃投九日三投通十有五日而後定也既定乃注以斗水凡水必熟而冷者也凡釀與投必寒之而後下此炎州之令也既水五日乃篘得二斗有半此吾酒之正也先篘半日取所謂贏者爲粥米一而水三之揉以餅麴

凡四兩二物并也投之糟中熟潤而再釀之五日壓得斗有半此吾酒之少勁者也勁正合爲四斗又五日而飲則和而力嚴而不猛也蒴絕不旋踵而粥投之少留則糟枯中風而酒病也釀久者酒醇而豐速者反是故吾酒三十日而成也

雜評此文如太牢八珍咀嚼不嫌于致力則真味愈隽永然未易爲儉〔佚〕者言也

不避粗俗轉更精研

殊有至理

藥論

嵇中散作幽憤詩知不免矣而卒章乃曰采薇山阿散髮巖岫永嘯長吟頤性養壽者悼此志之不遂也司馬景王既殺中散而悔使悔於未殺之前中散得免於死者吾知其掃迹滅景於人間如脫兔之投林也采薇散髮豈其所難哉孫真人著大風惡疾論曰神仙傳有數十人皆因惡疾而得仙道何者割棄塵累懷穎陽之風所以因禍而取福

也吾始得罪遷嶺表不自意全旣逾年無後命知
不死矣然舊苦痔至是大作呻呼幾百日道無醫
藥有亦不效道士教吾去滋味絶葷血以淸淨勝
之痔有虫館於吾後滋味葷血旣以自養亦以養
虫自今日以往旦夕食淡麪四兩猶復念食則以
胡麻茯苓麨足之飲食之外不啖一物主人枯槁
則客自棄去尚恐習性易流故取中散眞人之言
對病爲藥使人誦之日三曰東坡居士汝忘逾年

所謂亡後不須得食

之憂百日之苦乎使汝不幸而有中散之禍伯牛之疾雖欲采薇散髮豈可得哉今食麻麥茯苓多矣居士則歌以答之曰事無事之事百事治兮味無味之味五味備兮茯苓麻麥有時而匱兮有則食無則已者與我無旣兮嗚呼噫嘻館客不終以是爲愧兮

茅鹿門許多曠達之旨從南海得之

議論勝自是
宋文而指趣
則清雅

生議論

事不同而理
同凡悟從引

怪石供

禹貢青州有鉛松怪石解者曰怪石石似玉者今齊安江上往往得美石與玉無辨多紅黄白色其文如人指上螺精明可愛雖巧者以意繪畫有不能及豈古所謂怪石者耶凡物之醜好生於相形吾未知其果安在也使世間石皆若此則今之凡石復爲怪矣海外有形語之國口不能言而相喻以形其以形語也捷於口使吾爲之不已難乎故

詎皆如此

此亦冷雋妙絕

夫天機之動忽焉而成而人眞以爲巧也雖然自禹以來怪之矣齊安小兒浴於江時有得之者戲以餅餌易之既久得二百九十有八枚大者兼寸小者如棗栗菱芡其一如虎豹首有口鼻眼處以爲羣石之長又得古銅盆一枚以盛石挹水注之粲然而廬山歸宗佛印禪師適有使至遂以爲供禪師嘗以道眼觀一切世間混淪空洞了無一物雖夜光尺璧與瓦礫等而況此石雖然願受此供

灌以墨池水，強爲一笑。使自今以往，山僧野人欲供禪師而力不能辦衣服飲食臥具者，皆得以淨水注石爲供，蓋自蘇子瞻始。時元豐五年五月，黃州東坡雪堂書。

陶石簣評：戲發說法，怪石亦應點頭。

因供參寥故再作此文卻借佛印刻石起本又假設參寥之言引入純用虛機須是覰破

詠俞

後怪石供

蘇子既以怪石供佛印佛印以其言刻諸石蘇子聞而笑曰是安所從來哉予以餅易諸小兒者也以可食易無用予既足笑矣彼又從而刻之今以餅供佛印佛印必不刻也石與餅何異參寥子曰然供者幻也受者亦幻也刻其言者亦幻也夫幻何適而不可舉手而示蘇子曰拱此而揖人人莫不喜戟此而詈人人莫不怒同是手也而喜怒異

結處指實

世未有非之者也子誠知拱戟之皆幻則喜雖存而根亡刻與不刻無不可者蘇子大笑曰子欲之耶乃亦以供之凡二百五十并二石槃云

袁石公評供幻受亦幻刻亦幻文亦幻

東坡若曰已不能飲而喜人飲酒則與東皋子意趣未睽也以此寄尚友之意

茅鹿門評曠達之旨

陶石簣評快論

書東皋子傳後

予飲酒終日不過五合天下之不能飲無在予下者然喜人飲酒見客舉杯徐引則予胸中爲之浩浩焉落落焉酣適之味乃過於客閑居未嘗一日無客客至未嘗不置酒天下之好飲亦無在予上者常以爲人之至樂莫若身無病而心無憂我則無是二者矣然人之有是者接於予前則予安得全其樂乎故所至常蓄善藥有求者卽與之而尤

浩浩落落四字

興酣處在

附考
王績字無功龍門人自號東皋子唯簡傲飲酒至數斗不醉常恨不逢劉伶與閉户轟飲因著醉鄉記及五斗先生以類酒德頌云

喜釀酒以飲客或曰子無病而多蓄藥不飲而多釀酒勞已以爲人何也予笑曰病者得藥吾爲之體輕飲者困於酒吾爲之酣適蓋專以自爲也東皋子待詔門下省日給酒三升其弟靜問曰待詔樂乎曰待詔何所樂但美醞三升殊可戀耳今嶺南法不禁酒予既得自釀月用米一斛得酒六斗而南雄廣惠循梅五太守間復以酒遺予略計其所獲殆過於東皋子矣然東皋子自謂五斗先生

上文似抑東臯太過得此方落涵有味

則日給三升救口不暇安能及客乎若余者乃日有二升五合入野人道士腹中矣東臯子與仲長子光游好養性服食豫刻死日自爲墓誌予蓋友其人於千載或庶幾焉

絶倒

劉越石許是真得趣于酒者謂爲坡仙可謂爲酒僊亦可

晧字大仕

悉俗寫得曲盡

書柳子厚牛賦後

嶺外俗皆恬殺牛而海南爲甚客自高化載牛渡海百尾一舟遇風不順渴飢相倚以死者無數牛登舟皆哀鳴出涕既至海南耕者與屠者常相半病不飲藥但殺牛以禱富者至殺十數牛死者不復云幸而不死即歸德於巫以巫爲醫以牛爲藥間有飲藥者巫輒云神怒病不可復治親戚皆爲却藥禁醫不得入門人牛皆死而後已地產沉水

雙圈

香香必以十易之黎黎人得牛皆以祭鬼無脫者中國人以沉水香供佛燎帝求福此皆燒牛肉也何福之能得哀哉予莫能救故書柳子厚牛賦以遺瓊州僧道贇使以曉諭其鄉人之有知者庶幾其少衰乎庚辰三月十五日記

可謂充類至義之盡

語淺誦迫

慘不忍讀

東坡文字妙在鼓舞得一玄論必鼓之舞之以盡变兔起鶻落自有餘態

陶石簣評一句一折釋老之骨莊騷之舌

寸山尺沼居然有五岳突兀大海洄激之勢

陳眉公評善為居士出

書六一居士傳後

蘇子曰居士可謂有道者也或曰居士非有道者也有道者無所挾而安居士之於五物捐世俗之所爭而拾其所棄者也烏得爲有道乎蘇子曰不然挾五物而後安者惑也釋五物而後安者又惑也且物未始能累人也軒裳圭組且不能爲累而況此五物乎物之所以能累人者以吾有之也吾與物俱不得已而受形於天地之間其孰能有之

脫
附考
歐陽公將老自號六一居士或問之曰有書萬卷有金石遺千卷有琴一張酒一壺棋一局以我一翁老此五物間豈不名六一耶

而或者以爲已有得之則喜喪之則悲今居士自謂六一是其身均與五物爲一也不知其有物耶物有之也居士與物均爲不能者其孰能置得喪於其間故曰居士可謂有道者也雖然自一觀五居士猶可見也與五爲六居士不可見也居士殆將隱矣

茅鹿門許本並生齊物我見解而篇末尤滑稽可愛

道中不涉諸趣由趣乃以入道此爲中人以下方便說法在上乘則不須也精語

更進

書黄魯直李氏傳後

無所厭離何從出世無所欣慕何從入道欣慕之至亡子見父厭離之極焊雞出湯不極不至心地不淨如飯中沙與飯皆熟若不含糊與飯俱爦即須吐出與沙俱棄善哉佛子作清淨飯淘米去沙終不能盡不如即用本所自種元無沙米此米無沙亦不受沙非不受也無受處故

陶石簣許說法從蓮華峰品来

說有至理
下面實有其
事作証尤先
云雨方見步
驟

書孟德傳後

子由書孟德事見寄余既聞而異之以爲虎畏不懼己者其理似可信然世未有見虎而不懼者則斯言之有無終無所試之然曩余聞忠萬雲安多虎有婦人晝日置二小兒沙上而浣衣於水者虎自山上馳來婦人倉皇沉水避之二小兒戲沙上自若虎熟視久之至以首觝觸庶幾其一懼而兒癡竟不知怪虎亦卒去意虎之食人先被之以威

而不懼之人威無所從施歟有言虎不食醉人必坐守之以俟其醒俟其懼也有人夜自外歸見有物蹲其門以爲猪狗類也以杖擊之卽逸去至山下月明處則虎也是人非有以勝虎而氣已蓋之矣使人之不懼皆如嬰兒醉人與其未及知之時則虎畏之無足怪者故書其末以信子由之說

有道而不藝則物雖形於心不形於手如後世理學名公未必善詩文

參悟

此轉更精

書李伯時山莊圖後

或曰龍眠居士作山莊圖使後來入山者信足而行自得道路如見所夢如悟前世見山中泉石草木不問而知其名遇山中漁樵隱逸不名而識其人此豈強記不忘者乎曰非也画日者常疑餅非忘日也醉中不以鼻飲夢中不以趾捉天機之所合不強而自記也居士之在山也不留於一物故其神與萬物交其智與百工通雖然有道有藝有

道而不藝則物雖形於心不形於手吾嘗見居士
作華嚴相皆以意造而與佛合佛菩薩言之居士
画之若出一人况自画其所見者乎

陶石簣評書画説法

東坡善画故知画知画故言入底裏

書蒲永昇畫後

古今畫水多作平遠細皺其善者不過能爲波頭起伏使人至以手捫之謂有窪隆以爲至妙矣然其品格特與印板水紙爭工拙於毫氂間耳唐廣明中處士孫位始出新意畫奔湍巨浪與山石曲折隨物賦形盡水之變號稱神逸其後蜀人黄筌孫知微皆得其筆法始知微欲於大慈寺壽寧院壁作湖灘水石四堵營度經歲終不肯下筆一日

以知微重永昇

倉皇入寺索筆墨甚急奮袂如風須臾而成作輸瀉跳蹙之勢洶洶欲崩屋也知微既死筆法中絕五十餘年近歲成都人蒲永昇嗜酒放浪性與畫會始作活水得二孫本意自黃居宷兄弟李懷袞之流皆不及也王公富人或以勢力使之永昇輒嬉笑捨去遇其欲畫不論貴賤頃刻而成嘗與余臨壽寧院水作二十四幅每夏日掛之高堂素壁即陰風襲人毛髮爲立永昇今老矣畫亦難得而

世之識眞者亦少。如往時董羽近日常州戚氏畫
水。世或傳寶之。如董戚之流。可謂死水。未可與永
昇同年而語也。元豐二年十二月十八日夜黄州
臨臯亭西齋戲書。

鄭超宗評：可以喻道

蘇長公小品卷四

題跋

金剛經跋尾
跋送石昌言引
跋南塘挑耳圖
跋趙雲子畫
書戴嵩畫牛
題雲安下巖
書淵明酬劉柴桑詩
書逸少竹葉帖

題蘭亭記
題壽聖寺
書醉翁操後
書天慶觀壁
題鳳翔東院王畫壁
題王霭畫如來出山相
題萬松嶺惠明院壁
題李巖老

琴貴桐孫
書海苔紙
書諸葛筆
書諸葛散卓筆
書吳說筆
書硯
書呂道人硯
書鳳咮硯

記與舟師夜坐
記石塔長老荅問
記道人戲語
誦經帖
卓契順禪話
僧文葷食名
大還丹訣
求醫診脉

勃遜之論菊
張憝子
自評文
高麗
池魚踊起
劉聰吳中高士
記先夫人不踐鳥雀
外曾祖程公逸事

南華長老重辦師逸事

異人有無

蘇長公小品　卷四　六

蘇長公小品卷四

古揚王聖俞評選

辨法帖

辨書之難正如聽響切脈知其美惡則可自謂必能正名之者皆過也今官本十卷法帖中眞僞相雜至多逸少部中有出宿餞行一帖乃張說文又有不具釋智永白者亦在逸少部中此最踈謬余嘗於秘閣觀墨跡皆唐人硬黃上臨本惟鵞羣一

帖似是獻之真筆後又於李瑋都尉家見謝尚王衍等數人書超然絕俗考其印記王涯家本其他但得唐人臨本皆可蓄

陳眉公許世人但得臨摹李便藏並寶真贗難辨

東坡之於禪葉取耳觀此篇執捉尋索伎倆盡露矣然正可資吾輩商量

脩養帖寄子由

任性逍遥隨緣放曠但盡凡心别無勝解以我觀之凡心盡處勝解卓然但此勝解不屬有無不通言語故祖師教人到此便住如眼翳盡眼自有明醫師只有除翳藥何曾有求明藥明若可求即還是翳固不可於翳中求明即不可言翳外無明而世之昧者便將頹然無知認作佛地若如此是佛猶兒狗兒得飽熟睡腹搖鼻息與土木同當恁麼

婆羅圍語云瓦礫泥沙並有佛性此語可參

時可謂無一毫思念豈謂猶狗已入佛地故凡學者觀妄除愛自粗及細念念不忘會作一日得無所住弟所教我者是如此否因見二偈警策孔君不覺聳然更以聞之書至此墻外有悍婦與夫相毆詈聲飛灰火如猪嘶狗嗥因念他一點圓明正在猪嘶狗嗥裏面譬如江河鑒物之性長在飛砂走石之中尋常靜中推求常患不見今日鬧裏忽捉得些子元豐六年三月二十五日

痛快

余少時處温壓

書諸集改字

近世人輕以意改書鄙淺之人好惡多同故從而和之者衆遂使古書日就訛舛深可忿疾孔子曰吾猶及史之闕文也自余少時見前輩皆不敢改書故蜀本大字書皆善本莊子云用志不分乃疑於神此與易陰疑於陽禮使人疑汝於夫子同今四方本皆作凝陶潜詩採菊東籬下悠然見南山採菊之次偶然見山初不用意而境與意會故可

喜也今皆作望南山杜子美云白鷗沒浩蕩萬里誰能馴蓋滅沒於煙波間耳而宋敏求謂余曰鷗不解沒改作波二詩改此兩字覺一篇神氣索然也

余自少嘗服此戒昔邢子才看書不甚讐校嘗謂誤書思之更是一適

故是慧心人
就字參禪

文章之妙自
然應節亦復
如是

書若逵所書經後

懷楚比丘示我若逵所書二經經爲幾品品爲幾偈偈爲幾句句爲幾字字爲幾畫其數無量而此字畫平等若一無有高下輕重大小云何能一以忘我故若不忘我一畫之中已現二相而況多畫如海上沙是誰磋磨自然勻平無有麤細如空中雨是誰揮灑自然蕭散無有疏密咨爾楚逵若能一念了是法門于剎那頃轉八十藏無一忘失一

句一偈東坡居士說是法已復還其經

陶石簣詩海沙定雨了還之語

跋王鞏所收藏真書

僧藏真書七紙開封王君鞏所藏君侍親平涼始得其二而兩紙在張鄧公家其後馮公當世又獲其三雖所從分異者不可考然筆勢奕奕七紙意相屬也君鄧公外孫而與當世相善乃得而合之余嘗愛梁武帝評書善取物象而此公尤能自譽觀者不以爲過信乎其書之工也然其爲人儻蕩本不求工所以能工此如没人之操舟無意於濟

否。是以覆却萬變。而舉止自若。其近於有道者耶。

人情蔽惑每每如此

跋王氏華嚴經解

予過濟南龍山鎮監稅宋寶國出王氏華嚴經解相示曰公之於道可謂至矣予問寶國華嚴有八十卷今獨以解其一何也寶國曰王氏謂我此佛語深妙其餘皆菩薩語爾予曰予於藏經取佛語數句置菩薩語中復取菩薩語置佛語中子能識其是非乎曰不能也非獨子不能王氏亦不能予昔在岐下聞汧陽猪肉至美遣人置之使者醉猪

昔李贊皇使人置金山泉

其人舉掉忘之至石頭城方憶汲以獻李欽之曰此類似石城頭下水世固有辨之者恐佛語菩薩話亦然

夜逸置他猪以償吾不知也而與客皆大詫以爲非他產所及已而事敗客皆大慚今王氏之猪未敗爾昔者買肉娼女歌或因以悟若一念清淨墻壁瓦爍皆説無上法而云佛語深妙菩薩不及豈非夢中語乎寶國曰唯唯

譚君特富兒佞佛者耳東坡爲反詞以樂之然亦諛直相半

又奇

金剛經跋尾

聞昔有人受持諸經攝心專致常以手指作捉筆狀於虛空中寫諸經法是人去後此寫經處自然嚴淨雨不能濕凡見聞者孰不贊歎此希有事有一比丘獨拊掌言惜此藏經止有半藏乃知此法有一念在卽爲塵勞而況可以聲求色見今此長者談君文初以念親故示入諸相取黃金屑書金剛經以四句偈悟入本心灌流諸根六塵清淨方

此之時不見有經而況其字字不可見何者爲金
我觀談君孝慈忠信內行純備以是衆善莊嚴此
經色相之外炳然煥發諸世間眼不具正見使此
經法缺陷不全是故我說應如是見東坡居士說
是法已復還其經

跋送石昌言引

右嘉祐元年九月十九日先君送石昌言北使文一首其字則軾年二十一時所書與昌言本也今蓄於陳履常氏昌言名揚休善爲詩有名當時終於知制誥彭任字有道亦蜀人從富彦國使虜還得靈河縣主簿以死石守道嘗稱之曰有道長七尺而膽過其身一日坐酒肆與其徒飲且酣聞彦國當使不測之虜憤憤推酒床拳皮裂遂自請行

不憐其病

蓋欲以死扞彦國者也其爲人大略如此然亦任
俠好殺云元祐三年九月初一日題

有桃入九軍力量方可參禪

跋南塘桃耳圖

王晉卿嘗暴得耳聾意不能堪求方於僕僕荅之云君是將種斷頭穴胷當無所惜兩耳堪作底用割捨不得限三日疾去不去割取我耳晉卿灑然而悟三日病良已以頌示僕云老婆心急頻相勸性難只得三日限我耳已效君不割且喜兩家總平善今見定國所藏桃耳圖云得之晉卿聊識此

跋趙雲子畫

趙雲子畫筆畧到而意已具工者不能然託於椎陋以戲侮來者此柳下惠之不恭東方朔之玩世滑稽之雄乎或曰雲子蓋度世者蜀人謂狂雲猶曰風雲耳

即今謂云風

所貴當家

附考

黃筌畫飛鳥頸足皆展或曰飛鳥縮頸則展足縮足則展頸無兩展者驗之信然此可類觀

書戴嵩畫牛

蜀中有杜處士好書畫所寶以百數有戴嵩牛一軸尤所愛錦囊玉軸常以自隨一日曝書畫有一牧童見之拊掌大笑曰此畫鬭牛也牛鬭力在角尾搐入兩股間今乃掉尾而鬭謬矣處士笑而然之古語有云耕當問奴織當問婢不可改也

藏画者遺笑牧童寶古者鑒之

既見好遊且
業世途

題雲安下岩

子瞻子由與侃師至此院僧以路惡見止不知僕
之所歷有百倍於此者矣丁未正月二十日書

僧以路惡見止似含諷意

感時賦事

附攷

酬柴桑詩云窮居寡人用時忘四運周櫚庭多落葉慨然已知秋新葵鬱北牖嘉穟養南疇今我不爲樂知有來歲不命室携童弱良日登遠遊

書淵明酬劉柴桑詩

自夏歷秋毒熱七八日不解炮灼理極意謂不復有清涼時今日忽凄風微雨遂御裌衣顧念茲歲屈指可盡陶彭澤云今我不爲樂知有來歲不此言眞可爲惕然也

東坡云淵明形神似我樂天心相似我觀此何如

逸少書詎須更贊一辭只如此便見鄭重之至

書逸少竹葉帖

王逸少竹葉帖。長安水丘氏傳寶之。今不知所在。三十年前見其摹本於雷壽。

題跋語大抵
貴其蕭疎

題蘭亭記

真本已入昭陵世徒見此而已然此本最善日月愈遠此本當復缺壞則後生所見愈微愈疎矣

袁石公評 辨才藏真本貯之梁間鄭重極矣取殉昭陵可見尤物不留人間良可嘆息

文字造妙時可以廢巧尚直

題壽聖寺

蜀人蘇軾子瞻南遷幼子過同遊壽聖寺遇隱者石君汝礪器之話羅浮之勝至暮迺去

此等題清遠爲上意解次之王袁甫猶嫌太解明

想頭玄

取字大妙

書蘇翁操後

二水同器有不相入二琴同手有不相應今沈君信手彈琴而與泉合居士縱筆作詩而與琴會此必有眞同者矣本覺法眞禪師沈君之子也故書以寄之願師宴坐靜室自以爲琴而以學者爲琴工有能不謀而同三合無際者願師取之元祐七年四月二十四日

玅理

文至東坡真是不須作文只隨筆記録便是文

書天慶觀壁

東坡飲酒此室進士許毅甫自五羊來邂逅一杯而别。

微語狀真

題鳳翔東院王畫壁

嘉祐癸卯上元夜，來觀王維摩詰筆。時夜已闌，殘燈耿耿然，畫僧躍躍欲動，恍然久之。

子美題畫云堂上不合生楓樹怪底江山起烟霧亦此意也

口角偶非思路靈通

題王霱畫如來出山相

頭鬅鬙耳卓朔適從何處來碧色眼有角明星未出萬相閑外道天魔猶奏樂錯不錯安得無上菩提成等正覺

致有玄理

題萬松嶺惠明院壁

予去此十七年復與彭城張聖途丹陽陳輔之同來院僧梵英葺治堂宇比舊加嚴潔茗飲芳烈問此新茶耶英曰茶性新舊交則香味復予嘗見知琴者言琴不百年則桐之生意不盡緩急清濁常與雨暘寒暑相應此理與茶相近故并記之

可補入睡鄉記

題李岩老

南岳李岩老好睡衆人食飽下碁岩老輒就枕閱數局乃一展轉云我始一局君幾局矣東坡曰岩老常用四脚碁盤只着一色黑子昔與邊韶敵手今被陳摶饒先着時自有輸贏着了並無一物歐陽公詩云夜涼吹笛千山月路暗迷人百種花碁罷不知人換世酒闌無奈客思家殆是類也

言簡趣多曲折有法

題羅浮

紹聖元年九月二十七日東坡公遷於惠州艤舟泊頭鎮明晨肩輿十五里至羅浮山入延祥寶積寺禮天竺瑞像飲梁僧景泰禪師卓錫泉品其味出江水上遠甚東三里至長壽觀又東北三里至冲虛觀觀有葛稚川丹竈登朱仙者朝斗壇觀壇上所獲銅龍六魚一壇北有洞曰朱明蓁莽不可入水出洞中鏘鳴如琴筑水中皆菖蒲生石上道

有餘韻

士鄧守安字道立有道者也訪之適出坐遺履軒望麻姑峰方飲酒進士許毅來遊呼與飲既醉還宿寶積中閣夜大風燒壯甚有聲晨粥巳還舟憩花光寺從遊者幼子過巡檢史珏寶積長老齊德延祥長老紹冲冲虛道士陳熈明山中可游而未暇者明福宮石樓黃龍洞期以明年三月復來

袁石公評隨筆點染情境宛然正使極力點染當形穢

記遊定惠院

黄州定惠院東小山上有海棠一株特繁茂每歲盛開必携客置酒已五醉其下矣今年復與參寥師二三子訪焉則園已易主主雖市井人然以予故稍加培治山上多老枳木性瘦韌筋脉呈露如老人頂頸花白而圓如大珠纍纍香色皆不凡此木不爲人所喜稍稍伐去以予故亦得不伐既飲往憩於尚氏之第尚氏亦市井人也而居處脩潔

花木去取亦須待看識人也

附考
東坡赴何秀才會食油果甚酥問名爲何對以無名又問爲甚酥坐客曰是可以爲名矣

如吳越間人竹林花圃皆可喜醉臥小板閣上稍醒聞坐客崔成老彈雷氏琴作悲風曉月錚錚然意非人間也晚乃步出城東鬻大木盆意者謂可以注清泉瀹瓜李遂寅緣小溝入何氏韓氏竹園時何氏方作堂竹間既闢地矣遂置酒竹陰下有劉唐年主簿者餽油煎餌其名爲甚酥味極美客尚欲飲而予忽興盡乃徑歸道過何氏小圃乞其藂橘移種雪堂之西坐客徐君得之將適閩中以

種歸唉却得乞橘事點綴

餘歡

結冷

後會未可期。請予記之。爲巽日相掌。時參案獨不
飲。以棗湯代之。

委蛇寫盡樂趣

造化佳勝地往而是只爲無閒身便至當面蹉過讀此可爲恍然

記承天夜遊

元豐六年十月十二日夜解衣欲睡月色入戶欣然起行念無與樂者遂至承天寺尋張懷民懷民亦未寢相與步於中庭庭下如積水空明水中藻荇交橫蓋竹柏影也何夜無月何處無竹柏但少閑人如吾兩人耳

江山風月本無常主閒者便是主人

予深領此趣難以筆舌讚也

記遊松風亭

余嘗寓居惠州嘉祐寺縱步松風亭下足力疲乏思欲就林止息望亭宇尚在木末意謂是如何得到良久忽曰此間有甚麼歇不得處由是如挂鉤之魚忽得解脫若人悟此雖兵陣相接鼓聲如雷霆進則死敵退則死法當恁麼時也不妨熟歇

不用畫而設色不模寫而景見如畫家蕭蕭數筆含意無窮此等在東坡集皆上乘也

語活

遊白水書付過

紹聖元年十月十二日與幼子過遊白水佛迹院浴於湯池熱甚其源殆可熟物循山而東少北有懸水百仞山八九折折處輒爲潭深者磓石五丈不得其所止雪濺雷怒可喜可畏水厓有巨人迹數十所謂佛迹也暮歸倒行觀山燒壯甚俛仰度數谷至江山月出擊汰中流掬弄珠璧到家二鼓復與過飲酒食餘甘煑菜顧影頹然不復甚寐書

以付過東坡翁

此內拳訣借事作觀

書贈魯元翰暖肚餅

公昔遺予以暖肚餅其直萬錢我今報公亦以暖肚餅其價不可言中空而無眼故不漏上直而無耳故不懸以活潑潑爲內非湯非水以赤歷歷爲外非銅非鉛以念念不忘爲項不解不縛以了了常知爲腹不方不圓到希領取如不肯承當却以見還

味若有思而無所思一語對境豁然

書臨皋亭

東坡居士酒醉飯飽倚於几上白雲左繚清江右迴重門洞開林巒坌入當是時若有思而無所思以受萬物之備慚愧慚愧

邈思寥廓意到筆隨人人有此境被坡公拈出

余雖不解知是解琴語
附考
歐文忠記家藏三琴其一為雷琴〻面亦有橫文如蛇腹乃長公不載玉暉文忠不載八日合若雷琴有二製也

家藏雷琴

余家有琴其面皆作蛇腹紋其上池銘云開元十年造雅州靈開材其下池銘云雷家記八日合不曉其八日合爲何等語也其嶽不容指而絃不敗此最琴之妙而雷琴獨然求其法不可得乃破其所藏雷琴求之琴聲出於兩池間其背微隆若薤葉然聲欲出而隘裴回不去乃有餘韻此最不傳之妙

習故諳語故言而中

琴貴桐孫

雷琴處製者五名乎雷霄雷威雷珏雷文雷迅

凡木本實而末虛惟桐反之試取小枝削皆堅實如蠟而其本皆中虛空故世所以貴孫枝者貴其實也實故絲中有木聲

然則紙之貴賤何常

書海苔紙

昔人以海苔爲紙。今無復有。今人以竹爲紙，亦古所無有也。付子過。

海苔紙今已無矣，後何可得。書以付子，大有寶惜意。

顛然

書諸葛筆

宣州諸葛氏筆擅天下久矣縱其間不甚佳者終有家法如北苑茶內庫酒敎坊樂雖敝精疲神欲強學之而草野氣終不可脫。

昔歐文忠雅用李晸筆以譏葛爲不如意而長公獨取之何也

學杜者所當知

書諸葛散卓筆

散卓筆惟諸葛能之他人學者皆得其形似而無其法反不如常筆如人學杜甫詩得其粗俗而已

黄山谷云東坡喜用宣城諸葛家筆以為諸葛之下者猶勝它處工者平生書字每得諸葛筆則寶轉可意見几研間有棗核筆必嗤誚以為今人但好奇異而無入用之實然東坡不喜雙鈎懸腕故書家亦不服此論

附考
宋泙漫學屠龍於支離益殫千金之家三年技成而無所用其巧
豨豬也南楚謂之豨
結隱簡雜

書吳説筆

筆若適士大夫意則工書人不能用若便於工書者則雖士大夫亦罕售矣屠龍不如履豨豈獨筆哉君謨所謂藝益工而人益困非虚語也吳政巳亡其子説頗得家法

良可歎息

大字四語書法盡此臨池者須置座右

書硯

硯之發墨者必費筆不費筆則退墨二德難兼非獨硯也大字難結密小字常局促真書患不放草書苦無法茶苦患不美酒美患不辣萬事無不然可一大笑也

読淸暘

蘇長公小品　卷四　二十五

澄泥硯唐人品硯以為第一

人棄我取

書呂道人硯

澤州呂道人澄泥硯多作投壺樣其首有呂字非井刻非井書堅緻可以試金道人已死硯漸難得元豐五年三月七日偶至沙湖黄氏家見一枚黄氏初不知貴乃取而有之

澹然

須與拈破

書鳳咮硯

僕好用鳳咮石硯。然論者多異同。蓋自少得眞者。爲黯黯灘石所亂耳。

拈云蘧子一見在鳳咮出个龍尾爲牛後

得意自別

書贈孫叔靜

今日於叔靜家飲官法酒烹團茶燒衙香用諸葛筆皆北歸喜事。

喜從北歸止非從茶酒香筆来

附考
王晉卿示詩欲以蜀海石䂊公謂韓幹馬易之明許晉卿難之可見以石易畫以畫易石隨興所到大有韻致

書畫壁易石

靈壁出石。然多一面。劉氏園中砌臺下有一株獨巉然。反復可觀。作麋鹿宛頸狀。東坡居士欲得之。乃畫臨華閣壁。作醜石風竹。主人喜。乃以遺予。居士載歸陽羨。元豐八年。四月六日。

澹然忘言

附攷
坡公云世人論墨多取其黑不取其光使其光如小兒目睛乃為佳也觀此則寶墨者又當論黑白之外

書墨

余蓄墨數百挺暇日輒出品試之終無黑者其間不過一二可人意以此知世間佳物自是難得茶欲其白墨欲其黑方求黑時嫌漆白方求白時嫌雪黑自是人不會事也

茶墨黑白坡公每〻言之而此最勝

附考滕達道蘇浩然呂行甫暇日晴暖研墨水數合弄筆之餘乃啜飲之

書呂行甫墨顛

呂希彥行甫相門子。行義有過人者。不幸短命死矣平生藏墨士大夫戲之爲墨顛。功甫亦與之善出其所遺墨作此數字。

黯然消魂欲不待言坡嘗謂李公擇詩云非人磨墨墨磨人與此俱可淒然

附考
唐李超易水人與子廷珪亡至歙州其地多松因留居以墨名家廷寬承宴文用唯慶唯一仲一旹超之後

書廷珪墨

昨日有人出墨數寸僕望見之知其爲廷珪也凡物莫不然不知者如烏之雌雄其知之者如烏鵲也

誠然

廷珪造墨形色異衆然歲久亂真者多非坡公安能望而知之

書墨事凡三十餘則此家款也

記海南作墨

己卯臘月二十三日墨灶火發幾焚屋救滅遂罷作墨得佳墨大小五百丸入漆者幾百丸足以了一世仍以遺所不知者何人也餘松明一車仍以照夜二十八日二鼓作此紙

極要緊有風味

遺所不知作墨何益世之營營作牛馬者觀此恍然

只如此自好
知不知不知不

記與安節飲

元豐辛酉冬至僕在黄州姪安節不遠千里來省飲酒樂甚使作黄鐘梁州仍令小童快舞一回醉後書此以識一時之事

不言所以但執之甚堅

跋君謨書

僕論書以君謨爲當世第一。多以爲不然。然僕終守此說也。

君謨學書如泝急流，用盡氣力不離故處，故歐文忠以爲獨步當世

張顛醉後以髮醮墨興致頗同

跋草書後

僕醉後輒作草書十數行便覺酒氣拂拂從十指出去也

神奇評

淒其欲絕

傷春詞

去歲十二月虞部郎呂君文甫喪其妻安氏二月以書遺余曰安氏甚美而有賢行念之不忘思有以爲不朽之託者願求一言以弔之余悲其意乃爲作傷春詞云

佳人與歲俱逝兮歲既復而不返付新春於居者兮獨安適而愈遠晝昏昏其如醉兮夜耿耿而不眠居兀兀不自覺兮紛過前之物變雪霜盡而鳥

語〻春景語
語傷春

鳴兮陂塘泫其流暖步荒園而訪遺跡兮蓊百草之生滿風泛泛而微度兮日遲遲而愈妍耻飛絮之無窮兮爛夭桃之欲然燕嘵嘵而稚嬌兮鳩穀穀其老怨蝶羣飛而相值兮蜂抱蕋而更讙善萬物之得時兮痛伊人之罹此寃衆族出而侶游兮獨向壁而永歎淚熒熒而棲睫兮花搖月而增眩晝出門而不敢歸兮畏空室之漫漫忽入門而欲語兮嗟猶意其今存役魂魄於宵夢兮追髣髴而

無緣訪臨邛之道士兮從稠桑之老人縱可得而復見兮恐荒忽而非真求寺文以寫哀兮余亦愴恨而不能言夫既其身之不顧兮尚安用於斯文

春光有時到惟人不再逢傷春與悲秋可以並傳

大是警醒

錄趙貧子語

趙貧子謂人曰：子神不全。其人不服，曰：吾儕友萬乘，螻蟻三軍，糠粃富貴，而晝夜生死，何謂神不全乎？貧子笑曰：是血氣所扶，名義所激，非神之功也。明日問其人曰：子父母在乎？曰：亡久矣。嘗夢見乎？曰：多矣。夢中知其亡乎？抑以爲存也？曰：皆有之。貧子曰：父母之存亡，不待計議而知者也。晝日問子，則不思而對；夜夢見之，則以亡爲存。死生之於夢

覺有間矣物之眩子而難知者甚於父母之存亡子自以神全而不學可憂也哉予嘗與其語故錄之

盖資玄解不徒志異

書李若之事

晉方技傳有韋虛者父母使守稻牛食之虛見而不驅牛去乃理其殘亂者父母怒之虛曰物各欲食牛方食奈何驅之父母愈怒曰卽如此何用理亂者爲虛曰此稻又欲得生此言有理虛固有道者耶呂猗母足得痿痺病十餘年虛療之去母數步坐瞑目寂然有頃曰扶起夫人坐猗曰夫人得疾十年豈可倉卒令起耶虛曰且試扶起兩人夾

扶而立少頃去夾者遂能行學道養氣者至足之餘能以氣與人都下道士李若之能之謂之布氣吾中子追少羸多疾若之相對坐爲布氣追聞腹中如初日所照温温也葢若之曾遇得道異人於華岳下云

東坡特愛元龍而記之原父耳意氣直上不顧世有側目人

附考

陳登字元龍有雄姿異畧許汜嘗謂玄德曰元龍淮海之士豪氣不除

記劉原父語

昔爲鳳翔幕過長安見劉原父留吾劇飲數日酒酣謂吾曰昔陳季弼告陳元龍曰聞遠近之論謂明府驕而自矜元龍曰夫閨門雍穆有德有行吾敬陳元方兄弟淵清玉潔有禮有法吾敬華子魚清脩疾惡有識有義吾敬趙元達博聞強記奇逸卓犖吾敬孔文舉雄姿傑出有王伯之畧吾敬劉玄德所敬如此何驕之有餘子瑣瑣亦安足錄哉

不言之意

附考

一本每與語下有強人意三字

因仰天太息此亦原父之雅趣也吾後在黄州作詩云平生我亦輕餘子晚歲誰人念此翁葢記原父語也原父既沒久矣尚有貢父在每與語今復死矣何時復見此俊傑人乎悲夫

垂戒之語不妨痛切

作苦語令人惻然

記故人病

元豐六年十月十二日夜一鼓後故人有得風疾者急往視之已不能言矣死生陰陽之爭其苦有甚於刀鋸木索者余知其不可救嘿爲祈死而已嗚呼哀哉此復何罪乎酒色之娱而已古人云甘嗜毒藥戲猛獸之爪牙豈虛言哉明日見一少年以此戒之少年笑曰甚矣子言之陋也色固吾之所甚好而死生疾病非吾之所怖也余曰有行乞

於道偃而號曰遺我一盂飯吾令以千斛之粟報子則市人皆掩口笑之有千斛之粟而無一盂之飯不可以欺小兒怖生於愛子能不怖死生而猶好色其可以欺我哉今世之爲高者皆少年之徒也戒生定定生慧此不刊之語也如有不從戒定生者皆妄也如慧而寔癡也如覺而實夢也悲夫

有可記便是妄語有不可記亦是妄語痛與掃盡

記與舟師夜坐

紹聖二年正月初五日與成都舟闍黎夜坐飢甚家人煑雞腸菜羹甚美緣是與舟談不二法舟請記之其語則不可記非不可記蓋不暇記也

李卓吾評不可記便是不可思議無上正覺

不惟可作禪師乃亦可作宰相

記石塔長老荅問

石塔來別居士居士云經過草草不見石塔塔起立云遮個是塼浮圖耶居士云有縫荅云無縫何以容世間螻蟻坡首肯之元豐八年八月二十七日

外紀東坡鎮維揚時石塔求解院坡僚佐袖中出疏使晁無咎讀之有為東坡而少留之句時元祐七年三月十六日并記之

止乞頭則不賭矣不賭則不輸矣唐高宗獵遇雨問谷那律曰雨衣若何則不漏對曰以瓦爲之則不漏

記道人戲語

紹聖二年五月九日都下有道人坐相國寺賣諸禁方緘題其一曰賣賭錢不輸方少年有博者以千金得之歸發視其方曰但止乞頭道人亦鬻術矣戲語得千金然亦未嘗欺少年也

無諍三昧

誦經帖

東坡食肉誦經或云不淨坡取水漱口或云一盌水如何漱得坡云慚愧闍黎會得

附考
東坡在惠州時其家居江浙以地遠無人致書為憂有道人卓契順者慨然曰惠州不在天上行即到矣因請書以行

卓契順禪話

蘇臺定惠院淨人卓契順。不遠數千里。陟嶺渡海。候無恙於東坡。東坡問將甚麼土物來。順展兩手。坡云可惜許數千里空手來。順作荷擔勢。信步而去。

高僧

心印是佛何必影向

僧文彙食名

僧謂酒爲般若湯。謂魚爲水梭花。雞爲鑽籬菜。竟無所益。但欺而已。世常笑之。人有爲不義而文之以美名者。與此何異哉。

精華迸溢熀熀煌煌如百千日淮南子得意文字略可擬之

李龍眠善画而壽說者謂

大還丹訣

凡物皆有英華軼於形器之外爲人所喜者皆其華也形自若也而不見可喜其華忘也作而爲聲發而爲光流而爲味蓄而爲力浮而爲膏者皆其華也吾有了然常知者存乎其內而不物於物則此六華者苟與吾接必爲吾所取非取之也此了然常知者與是六華者蓋嘗合而生我矣我生之初其所安在此了然常知者苟存乎中則必與是

山煙雲供養
再共性理通

六華者皆處於此矣其凡與吾接者又安得不赴其類而歸其根乎吾方養之以至靜守之以至虛則火自煉之水自伏之升降開闔彼自有數日月既至自變自成吾不豫知可也易曰精氣爲物遊魂爲變傳曰用物精多則魂魄強禮曰體魄則降志氣在上人不爲是道則了然常知者生爲志氣死爲魂神而升於天此六華者生爲體爲精死爲魄爲鬼而降於地其知是道者魂魄合形氣一其

至者至騎箕尾而爲列星敬之信之寄之行之守之終之元祐三年九月二十八日書

開心見誠用人便是大英雄帥

袁石公許全屬醫無處生活

求醫診脈

脈之難明古今所病也至虛有實候而太實有羸狀差之毫釐疑似之間便有死生禍福此古今所病也病不可不謁醫而醫之明脈者天下蓋一二數騏驥不時有天下未嘗徒行和扁不世出病者終不徒死亦因其長而護其短耳士大夫多秘所患而求診以驗醫之能否使索病於冥漠之中辨虛實冷熱於疑似之間醫不幸而失終不肯自謂

勘破世情

失也則巧飾遂非以全其名至於不救則曰是固難治也間有謹愿者雖或因主人之言亦復參以所見兩存而雜治以故藥不效此世之通患而莫之悟也吾平生求醫蓋於平時默驗其工拙至於有疾而求療必先盡告以所患而後求診使醫者了然知患之所在也然後求之診虛實冷熱先定於中則脈之疑似不能惑也故雖中醫治吾疾常愈吾求疾愈而已豈以困醫爲事哉

蜀狠所謂辨察之士

以意用藥

歐陽文忠公嘗言有患疾者醫問其得疾之由曰乘船遇風驚而得之醫取多年柂牙爲柂工手汗所漬處刮末雜丹砂伏神之流飲之而愈今本草注别藥性論云止汗用麻黄根節及故竹扇爲末服之文忠因言醫以意用藥多此比初似兒戲然或有驗殆未易致詰也予因謂公以筆墨燒灰飲學者當治昏惰耶推此而廣之則飲伯夷之盟水

自病自知自藥自療不必以惠用也

可以療貪食比干之餕餘可以已佞砥樊噲之盾可以治怯臭西子之珥可以療惡疾矣公遂大笑

元祐三年閏八月十七日舟行入潁州界坐念二十年前見文忠公於此偶記一時譚笑之語聊復識之

可謂信道不惑者矣

深此切記

王元龍大風方

王斿元龍言錢子飛有治大風方極驗常以施人一日夢人自云天使已以此病人君違天怒若施不已君當得此病藥不能愈子飛懼遂不施僕以爲天之所病不可療耶則藥不應服有効藥有効者則是天不能病當是病之祟畏是藥而假天以禁人耳晉侯之病爲二豎子李子豫赤丸亦先見於夢蓋有或使之者子飛不察爲鬼所脅若余則

不然苟病者得愈願代受其苦家有一方能下腹中穢惡在黄州試之病良已今後當常以施之

但看一片婆心便是宰官說法

名言

目忌點洗說

前日與歐陽叔弼晁無咎張文潛同在戒壇余病目昏數以熱水洗之潛云目忌點洗目有病當存之齒有病當勞之不可同也治目當如治民治齒當如治軍治民當如曹參之治齊治兵當如商鞅之治秦此頗有理退而記之

無往不談

荔支龍眼說

閩越人高荔子而下龍眼吾爲評之荔子如食蝤蛑大蟹斫雪流膏一啖可飽龍眼如食彭越石蟹嚼齧久之了無所得然酒闌口爽饜飽之餘則咂啄之味石蟹有時勝蝤蛑也戲書此紙爲飲流一笑

子瞻以口語
滑稽故託之
夢言

恰是一場好
夢

夢中作祭春牛文

元豐六年十二月二十七日天欲明夢數吏人持紙一幅其上題云請祭春牛文予取筆疾書其上云三陽既至庶草將興裝出土牛以戒農事衣被丹青之好本出泥塗成毁須臾之間誰爲喜愠吏微笑曰此兩句復當有怒者旁一吏云不妨此是喚醒他

不矜語言
然意表

別王子直

紹興元年十月三日始至惠州寓於嘉祐寺松風亭杖屨所及雞犬相識明年遷於合江之行館得江樓豁徹之觀忘幽谷窈窕之趣未見其所休戚嶠南江北何以異也虔州鶴田處士王原子直不遠千里訪予於此留七十日而去東坡居士書

却可定國是
聞考
時介甫當國
力行青苗公
判杭州常因
法便民民頼
以安若議謫
其非形於文
章者多矣

唐允從論青苗

儋耳進士黎子雲言城北十五里許有唐村唐氏之老曰允從者年七十餘問子雲言宰相何苦以青苗錢困我於官有益乎子雲荅曰官患民貧富不均富者逐什百益富貧者取倍稱至鬻田資口不能償故爲是法以均之允從笑曰貧富之不齊自古已然雖天工不能齊也子欲齊之乎民之有貧富猶器用之有厚薄也子欲磨其厚等其薄厚

者未動而薄者先穴矣元符三年二月子雲過余言此負薪能談王道政謂允從輩也

可見妖爲人興

石普

石普好殺人以殺爲娛未嘗知懯悔也醉中縛一奴使其指使投之汴河指使哀而縱之旣醒而悔指使畏其暴不敢以寔告居久之普病見奴爲祟自以必死指使呼奴示之祟不復出普亦愈

居然端人

勃遾之

勃遾之會議於潁或言洛人善接花歲出新枝而菊品尤多遾之曰菊當以黄爲正餘可鄙也昔叔向聞鬷蔑一言得其爲人予於遾之亦云然

芝產冀中造化固爾未足多異

張憨子

黄州故縣張憨子行止如狂人見人輙罵云放火賊稍知書見紙輙書鄭谷雪詩人使力作終日不辭時從人乞予之不受冬夏一布褐三十年不易然近之不覺有垢穢氣其實如此至於土人所言則有甚異者葢不可知也

魏文帝云文之佳惡吾自知之從来評長公文者能勝其自評否

自評文

吾文如萬斛泉源不擇地皆可出在平地滔滔汩汩雖一日千里無難及其與山石曲折隨物賦形而不可知也所可知者常行於所當行常止於不可不止如是而已矣其他雖工吾亦不能知也

得失寸心知

夷情如此

可資邊討

高麗

昨日見泗倅陳敦固道言胡孫作人狀折旋俯仰中度細觀之其相侮慢也甚矣人言弄胡孫不知爲胡孫所弄其言頗有理故爲記之又見淮東提舉黄實言見奉使高麗人言所致贈作有假金銀鋌夷人皆拆壞使露胎素使者甚不樂夷云非敢慢也恐北虜有覘者以爲眞耳由此觀之高麗所得吾賜物北虜蓋分之矣而或者不察謂北虜不

知高麗朝我或以爲異時可使牽制北虜豈不誤哉今日又見三佛齊朝貢者過泗州官吏妓樂紛然郊外而椎髻獸面雕盱船中遂記胡孫弄人語良有理故并記之

善持兆

池魚踴起

眉州人任達爲余言少時見人家畜數百魚深池中沿池磚甃四周皆屋舍環遶方丈間凡三十餘年日加長一日天清無雷池中忽發大聲如風雨魚皆踴起羊角而上不知所往達云舊説不以神守則爲蛟龍所取此殆是爾余以爲蛟龍必因風雨疑此魚圈局三十餘年日有騰拔之念精神不衰久而自達理自然爾

李卓吾評人之好名又有甚於愛富貴者

劉聰吳中高士

劉聰聞當爲須遮國王，則不復懼死。人之愛富貴有甚於生者。月犯少微，吳中高士求死不得。人之好名有甚於生者。

三〇〇

能道至德事
法亦自燦然

記先夫人不殘鳥雀

少時所居書堂前有竹栢襍花叢生滿庭衆鳥巢其上武陽君惡殺生兒童婢僕皆不得捕取鳥雀數年間皆巢於低枝其鷇可俯而窺之又有桐花鳳四五日翔集其間此鳥羽毛至爲珍異難見而能馴擾殊不畏人閭里間見之以爲異事此無他不忮之誠信於異類也有野老言鳥雀巢去人太遠則其子有蛇鼠狐狸鴟鳶之憂人既不殺則自

近人者欲免此患也由是觀之異時烏雀巢不敢近人者以人爲甚於蛇鼠之類也苛政猛於虎信哉

東坡不為人作誌狀故敘事少此可概見

外曾祖程公逸事

公諱仁霸，眉山人，以仁厚信於鄉里。蜀平，中朝士大夫憚遠宦，官闕，選土人有行義者攝。公攝錄參軍。眉山尉有得盜蘆菔根者，實竊，而所持刃誤中主人。尉幸賞，以劫聞，獄掾受賕，掠成之。太守將慮囚，囚坐廡下，泣涕衣盡濕。公適過之，知其寃，咋謂盜曰：汝寃，盍自言，吾爲汝直之。盜果稱寃，移獄。公旣直其事，而尉掾爭不已，復移獄，竟殺盜。公坐逸

意調精罕

因罷歸不及月尉掾皆暴卒後三十餘年公晝日見盜拜庭下曰尉掾未伏待公而決前此地府欲召公暫對我扣頭爭之曰不可以我故驚公是以至今公壽盡我爲公荷擔而往暫對即生人天子孫壽祿朱紫滿門矣公具以語家人沐浴衣冠就寢而卒軾幼時聞此語已而外祖父壽九十舅氏始貴顯壽八十五曾孫皆仕有聲同時爲監司者三人玄孫宦學益盛而尉掾之子孫微矣或謂盜

滑此方有此據

德公之深不忍煩公暫對可也而獄久不決豈王者亦因以苦樹掾也歟紹聖二年三月九日軾在惠州讀陶潛所作外祖孟嘉傳云凱風寒泉之思實鍾厥心意悽然悲之乃記公之逸事以遺程氏庶幾淵明之心也

不言五者渾雅

引事本起下南華故推事故須着此段詳涵泳

南華長老重辯師逸事

契嵩禪師常嗔，人未嘗見其笑；海月慧辯師常喜，人未嘗見其怒。予在錢塘，親見二人皆趺坐而化。嵩既茶毗，火不能壞，益薪熾火，有終不壞者五。海月比葬，面如生，且微笑。乃知二人以嗔喜作佛事也。世人視身如金玉，不旋踵爲糞土，至人反是。予以是知一切法以愛故壞，以捨故常在，豈不然哉！予遷嶺南，始識南華重辯長老，語終日，知其有道

改棺句是主意

也予自海南還則辯已寂久矣過南華弔其衆問塔墓所在衆曰我師昔作壽塔南華之東數里有不悦師者葬之別墓既七百餘日矣今長老明公獨奮不顧發而歸之壽塔改棺易衣舉體如生衣皆鮮芳衆乃大服東坡居士曰辯視身爲何物棄之尸陁林以飼烏鳥何有安以壽塔爲明公知辯者特欲以化服同異而已乃以茗果奠其塔而書其事以遺其上足南華塔主可與師元符三年十

二月十九日。

禪家言體不化而如生者甚多想亦有所附會思至極處則衆流歸盡是處處者曾作是言惟謂東坡文差可孫耳

無限波致亦後當心也

異人有無

自省事以來聞世所謂道人有延年之術如趙抱一徐登張無夢皆近百歲然竟死與常人無異及來黄州聞浮光有朱元經尤異公卿尊師之甚衆然卒亦病死死時中風搐搦但實能黄白有餘藥金皆入官不知世果無異人耶抑有人而不見此等舉非耶不知古所記異人虚實無乃與此等不大相過而好事者緣飾之耶

附評名家

唐順之荆川

茅　坤鹿門

姜　寶鳳阿

錢　穀文登

樓　昉迂齊

李　贄卓吾

陶望齡石簣

呂　雅山
蔡　菉之
袁宏道石公
陳繼儒眉公
劉士璘越石
鄭之惠孔肩

空同詩選一卷

〔明〕李夢陽 撰
〔明〕楊慎 評

明刻朱墨套印本

原書高二十九點五釐米，寬十九釐米；

板框高二十一點三釐米，寬十五點一釐米。

題辭

余評空同詩五言絕句勝七言絕句五言古七言古勝七言律五言律樂府學漢魏似童謡者又絕勝世徒學其七言律是徒學其下着耳

成都楊慎用脩父識

空同詩選目錄

五言律

古體四首

空同詩選

河之水歌

河之水李子爲共子作也以予追不及

河之流濊濊望父不見立河干

河水滮滮舟子搖櫓東方漸明爾不得渡

雞鳴歌

雞鳴歌者李子去江西而作者也孤舟泝江漢而上

東方白兮雞鳴膠膠鼓予櫂兮沙之坳明星上船

桅北斗入地離離蘆中人逝而逝而

內教場歌

內教場歌者李子紀時事而作者也　帝自將練兵於　內庭

雕弓豹韃騎白馬大明門前馬不下徑入內伐鼓大同邪宣府邪將軍者許邪　一解

武臣不習威奈彼四夷西內樹旗　皇介夜馳鳴砲烈火嗟嗟辛苦　二解

招隱山辭

樂府二十四首

山之桂青青秋風綠葉冬不零王孫幾時歸山空蕙草摧　山之草萋萋春風花發桃源迷子規啼竹陰日暮愁人心　秋之夕螢飛山風霜露沾人衣洞門翳寒蘿奈茲華髮何

擬前緩聲歌

萬水東流魚西上游不虞彼有漁子置我於其鉤魚告漁子女曷太荼寬大福厚不見是圖漁乃傴僂伸鉤我脫身以游漁起揮手謝天命各有由此魚銜明珠來報當日漁

李子曰世嘗謂刪後無詩無者謂雅耳風自謠口出孰得而無之哉今錄其民謠一篇使人知真詩果在民間於乎非子期孰知洋洋哉々哉

郭公謠

赤雲日東江水西榛墟樹孤禽來啼語音哀切行且啄慘怛若訴聞者悽靜察細忖不可辯似呼郭公兼其妻一呼郭公兩呼婆各家栽禾栽到田塍誰敎檢取螺公要螺炙婆言攝客攝得客來新婦偷食公欲罵婦婆則嗔婦頭插金行帶銀郭公唇乾口燥救不得哀鳴繞枝天色黑

豆娘子

豆娘子者蜻蜓之細也輕盈側媚羣游而寡忌

李子見之傷焉作豆娘子

汝何者物小而輕盈妁約悠揚朋從寡畏細衣紺裳或翠其衿或朱而黃嬉戲長莪窈窕水旁餐膏浴滋飲露吞香才不我知諜寧自臧兒童撲弄姬媵憐傷豆卿子卿娘子豆娘百卉隕零北風雨霜弱不敵威蚱蜢同戕肅肅鴻鵠雲海翱翔噦噦者鳳覽輝梧岡微末之蟲何勞短長

榆臺行

其事在弘治乙丑年

好句法

榆臺高高風吹樹稍都搖搖臺下黃羊走黃蒿山頭看看日落觱篥四面吹軍中白旗身姓誰向前看有河河水深彼不怕死我亦人力能拔虎尾人虎或兩存歸爲鬼雄榮爾寃

白毛行

甲申元日作

元日地動生白毛發春當暖風瀟騷天時尚然有錯迕老夫何怪兒童曹君不見猛虎失勢人寢其皮惜也豈復能咆哮我歌白毛比之董逃

古調警語

以童謠諺語作禽言最得體六首取四冠絕今古矣

長歌行

籠中鴨望水中鴨一鳴一答汝雖有羽翼不如我
泛綠波食魚鰕奔萍拍藻入煙浦籠中之鴨心徒
苦

禽言

泥滑滑車馬不得安何不停車縶馬待泥乾
行不得哥哥東有木公西王婆南面設罾北張羅
行不得哥哥
姑惡姑惡小姑刺齪姑不樂新婦早煮餔低聲奉

六言亦彷彿漢調但不純耳

小姑

提壺盧提壺盧盛酒背母私餉妻妻可再得母恩罔極

董逃行

涉江登彼西山下看城郭鬱盤城中閣殿斑斕嘉樹一何紛綸上有鳴鳥旦暮間關遥望我心浩歎　一解

闤闠寂闐民生何艱終朝歘突無烟胡彼來往翩翩綺衣車馬可憐　二解

誰家起樓造天歌鐘舞管喧闐剎羊宰牛列筵何但一食萬錢倏忽日

直逼漢魏洲村蕭夜尤奇所謂橫空排硬語也

薄重淵三解　明燈熒熒爛堂綉幃雞舌流黃樂人調瑟未央千年萬歲奉觴豈知老至悲傷四解日月逝矣不我留精銷將往霜霰交流繁華零落山丘心懽意愛爲他人妝哀哉胡不德求

雨雪曲

冬十一月阻舟徐汶朔風北來雨雪紛下禽鳥凍寂洲村蕭夜纜夫來言衣單腹餓波流泂泂促舟難駕我心悽惻羽翼儻假一解　七月熯土今幸雨雪往者難追來春可沃我雖波阻心則怡懌購蔬

城市貸米逾澤原阪蕭條鴈鴻輯集貧士罔懷一陽環復　二解　青青者衿涉江我求大澤寒冥胡子能來鷺鷥難飛潭網頓集網收魚跳閣忘寢食荒岑險艱豈我能處南紀凍肅迄北于土　三解

獨漉篇

獨漉獨漉棄田求屋其屋雖大其人則餓小人在旁譬如蓬蝎恩之雖勤莽之則發葳葳艷陽桃李吐英未曾結實誰辨苦蜜錦繡圊廁過者掩口珠玉委途奚異塵土際淵趣輪際鏗振綏人孰不聞

亦執不知綦絇之美不以爲纘身尊道高名爲雋傑

襄陽浣婦行

彼誰者嫗吾家浣衣新寡寒賤鬓髮霜飛體無完衣十日九饑態度則殊辯是知非嫗泣答言妾襄宫女少小入宫荷主憐顧四十始出嫁爲民婦灌田采薪奄就貧寠弊裳綻汙形容改故夫死男孺藜藿靡救嫗咽復言侍襄定獻幾三十年王有義辭皇嘉特宜父子俱覲妃嬪如煙鈿第載路龍旂

絶似古樂府漢魏以下絶無僅有

飄颻御使絡繹珍車斑斑漢峴同清天歌播焉衮
曷南還層城言言鳥春日妍桂官有延傑臣觴壽
玉娥奉筵王旣捐世變來罔度聞見駭異古殿寂
寞嫗勿更言萬類咸爾厥亦天道安之則已

鴈門太守行

鴈門太守汝何人治邦三月稱明神我有牛羊賊
不來掠我有禾黍人不敢割昔我無衣今有袴著
我思禮拜太守太守不見憐但聞太守身姓邊紫
髯廣額聳兩顴太守出門四牡騤騤後擁阜蓋前

極古極雅

作楚辭二句接賦比興皆盡

導兩麾行者盡辟易居者不敢窺旁問太守胡所之云訪城南皇甫規

渡河篇

小麥黃黃河波君奈何今渡河昔君游此思君一見經旬累月不君一面君今渡河乃往何縣豉子望之淚下如霰汀有皃兮沚有蘭枝相亞兮居不單人生心事豈有殫君愼動靜加[illegible]餐

黃鵠篇

黃鵠游四海倦言還故邦中路失其雌三年迺有

雙鴛鴦毛羽縟哉工凰儔鶴匹渠豈同嬿婉權娛
殽酒豐琴鳴瑟奏芳夜中樂極思來內忡忡驗新
追故悲悔叢人生萬事愼勿輕易貍鼠之能詎逮
騏驥車牽美期谷風興刺我心自知聿斯語誰

擬燕歌行

花稀葉艷蘪蕪芳皇皇溥原倘且將陽浮野曠雲
飛揚風沙眯目爗氣黃禽獸阻饑狐在梁與言送
君還故鄉牽袂欲別立徬徨延視極騁中自傷締
交心違隔肝腸人去孰予共杯觴蘭橈桂櫂文蕩

用毛詩語頗奪胎換骨

檣逝哉汗漫淩洪洋安能假翼東南翔何以贈君
紫玉瑙又何贈之雲錦裳永言嗣茲無我忘

采菇曲二首

衆星欲没月模糊人家河上起相呼相呼相喚采
秋菇問渠早起緣何事此草日出化作田中枯采
菇采菇君早歸霜寒露重濕人衣藍田白玉非無
種不似商山好蕨薇

二

白如白玉簪香如玉田禾行人且莫行聽我采菇

君無後四句便宋人可及耳

歌儂家住在黃河曲一日波濤怨殺河河來有魚去有麥麥下秋霜采菇多不求河向城南去只願年年河不波

史烈女

史烈女者杞史氏之女也未嫁而死其夫是踰禮以守信破經而成仁者也李子曰史氏女有激俗之功焉然予聞其言矣於是乎述

梨花如雪霜鴛鴦不成雙我心明如鏡我心清如冰鏡明有塵時冰覆無妝理古昔華山畿行人下

馬拜春風雨蛺蝶綠草搖衣帶

艷歌行

杲日出扶桑照我結綺窻綺窻不時開日光但徘徊　一解　通阡對廣陌柳樹夾樓垂上有織素女歎息爲誰思　二解　步出郭東門望見陌上柳葉葉自相當枝枝自相糾　三解

汝爲我楚舞

汝爲我楚舞吾爲若楚歌黃鵠翼成將奈何黃鵠一舉橫四海君王豈有四海羅君無四海之羅安

可入漢調

五言古十一首

用此殃君美人毒君子

車遙遙

車遙遙遙遙復邁邁望見秋塵起不見車輪轉知
在秋塵裏

李廣

李廣昔未遇射獵誰見稱君王猶未識他人寧不
輕日從田間飲夜止霸上亭醉尉前呼呵小吏亦
見凌一朝剖郡符飛蓋赴北平凭軾覽百邑樹羽
寧干城亭障不設燧櫪馬躍頓纓彎弓射虎歸淡

淡黄雲生自從結髮戰舍鏑無虛鳴威懾五單于胡人寤寐驚孰知身運乖數奇竟無成壯顔逐年衰白髮忽見嬰寄言雄圖者俟命莫吞聲

春日洪法寺後岡

暄陽入廣墟平阡瞹煙蕪稅鞅尋高禪陟丘眺神都白日麗中衢青霏藹林岨碧草一何萋叢葩亦已敷纍纍誰氏墳嶒崒三浮圖鑿石錮九泉雄構耀城隅輿臺盜綺衣苔蘚封丹樞矯首覩天宇剡剡浮雲徂崇名古所欽多藏秪區區

温太眞墓

雙鵝識妖端一馬前休兆中原既板蕩臣主同奔峭長蛇恣呑噬白日掩孤曜心違祖逖楫事躓扶風嘯康屯見斯人辱巳存機要建侯竟誰功江介無飛旐勳成身乃殂天逝徒心悼側惟盈縮理虛咎燃犀照遺墳闕清千古樹寒新廟來肸蠁迴鬱弭節紛延眺載瞻徐墓邇益壯風流紹

功德寺

宣宗昔行幸遊戲玉泉傍立宇表巘嵲開池荷芰

香波樓遞甓沓風松奏笙簧百靈具來朝落日錦
帆張萬乘雷霆動千岩滅流光綺繡錯展轉翠旗
沓低昂法眷撞鐘鼓宮女栻御牀笙鏞沸兩序星
斗宿岩廊至尊奉太后國事付三楊六軍各晏眠
百官守舊章巡非瑶水遠跡豈玉臺荒嗚呼百年
來回首一慨傷風騰赤霄暮龍歸竟茫茫山風撼
網戶紫殿生夜霜退朝值休沐我行暫翺翔娟娟
登岸林慘慘虔石梁廢道哀湍寫松柏間成行啓
鑰肅覽歷過位增悲凉積久灑掃缺乳鴿鳴膳堂

其上四句杜句法

舊時琉璃井倒樹如人長神巳佐上帝教猶托空王鈴磬颯鳴戛晨昏禮相將盤遊井聖理操縱在先皇至今朝廷上不改舊紀綱

鏡光閣

我生走紛境性意苦不適揭來鏡光遊不覺祇樹夕鳥藏丹閣暮蕭槭柿葉赤杳如造岩壑閴其寡人跡其王戴金冠天子之所客逕我薝蔔下坐我紅罽席落日入虛牖窈窕雲光白團團石蓮燈照耀錦繡壁忽聞鈴磬發轉悵俗務迫靜躁本殊科

置之文選亦不能辨

利義各有癖伊余竟何爲奔迸阻行役乞君摩尼珠一照幸不惜

酬伊陽殷明府追憶見寄十四韻

弱齡負奇節志欲凌海嶽白馬金陵來遊戲宛與洛出從七貴飲醉調五侯譴妍華不見售讒巧恩愛奪涼風捲團扇世路隨飛藿謫居宰山邑頗喜占名郭川嶺鬱森秀烟雲日噴薄況當素秋霽清霜掃天末龍門既疎峻伊水復澄谿啓牖眺飛泉據案望岑崿獨撫岩中琴遙枉汴上作懷賢諒在

序事有抑揚筆力句法錯與選殊而與少陵上下矣必傳之作也

兹感舊但如昨徒然佇玉皃未果偕緱鶴終期謝
紛坱攜手向嵩嶽

乙丑除夕追往憤五百字

憶昔蘗賓初皇疾輟臨仗維日白氣亘黑風復排
踢俄傳天柱折忽若慈母喪帝本堯舜姿未履轉
清伉斂袵接者碩高出文景上兩宮悅孝子九廟
歆流鬯毅然整六師霹靂無前向犬羊遁朔漠鯨
鯢蟄溟漲國沖不凝壽日表空殊相蜿蜒潮中龍
一夕拔驚浪回首哭蒼梧寃斷湘南瘴念昨下明

綸臣也誠無狀誓死叫閶闔伸頸甘礰盎梁賣勢如灼漢廷色惆悵皇乃西園遊召彼侍供張從容杯酒間似讓還非讓未剖青鎖封已下金雞放臣某詎足惜統體關哀王歷數古明辟聖節嚋能尚逝欲碎臣骨顯帝不得廷攀髯眇莫及痛哭橋山葬玉光動前星朱符闡靈貺主器難久虛勉起答羣望金木歘爲祟太白晝相抗羯胡敢余侮吾徒盡秉障嗚呼揄臺役棄我六千壯踉蹌戰士骨躐踙將軍韔二豎固輕率腐屍亦云當所恨國威辱

北鄙氣悽愴鉦鼓疑皇情何以慰宸況悽悽建未
月臨門遣征將絖綺作元戎京軍本浮宕翻使沿
邊卒束手遭箠掠揭孽雲中城誰復扼其吭胡來
風雨聲胡去横拍唱千村與萬落人煙莽蕩蕩嬰
兒貫高槊志婦經衣桁狐狸叫破壘落日悄潸潸
此輩誠鼠竊反覆亦難量騏驥駕鹽車虛名縛骯
髒世豈乏頗牧賤或執鞭杖鎖鎖登壇子飽之則
飛飈吁此良太枉國愾何由暢水旱而秋雷陰陽
迭驕亢皇天雖至公視之但坱坱臣當歷服始謬

進大夫行退朝實憤切欲吐畏官謗武王秉黄鉞師事太公望列聖構梁棟駕馭亦英匠先帝升遐日臨榻召三相

湘妃怨

采蘭湘北沚搴水澧南潯淥水含瑶彩微風託玉音雲起蒼梧夕日落洞庭陰不知篁竹苦惟見淚斑深

朔日

朔日悲風起空除落葉平猶聞砧杵急已復翦刀

用毛詩語妙
多露人能用
之爲霜非公
不能用也

鳴一夜傳霜箭黃雲滿塞城

贈蒼谷子

玄雲翳白日積陰何漫漫風氣日以淒泥雨常不乾漂籜委川塗百卉良可歎覽物懷伊人撫時悲涼寒憂來如亂絲理之棼無端爲霜念逝鴞多露悲芳蘭所嗟聲影隔匪懼馨香殘徒把瑤華音長謠望林巒

寄贈玉溪子

松檜不棲蟬熊皮不上蟻秉性死不易斯足驗人

七言古二十一首

理苟投信若飴義交固如水如水遐則思若飴背乃蹊悠悠徂暑月春眷念君子霍雲停復飛汾水蕩而駛山西廻夕陽皎如覿光美徒操孤絶弦歎息竟何以

自從行

自從天傾西北頭天下之水皆東流若言世事無顛倒竊鉤者誅竊國侯君不見奸雄惡少椎肥牛董生著書斋見收鴻鵠不知黄雀啅盗跖之徒笑孔丘我今何言君且休

羇旅翁行

自焚闕里手植檜天下斯文忽墜地錦衣使者日旁午青衿胄子時流涕霾風翩翩起白旄五月黄塵暗天際君不見河上羇旅翁時乖此老遭拘紲

寶刀篇

我有吳王雙寶刀龍鱗雪花爛照地奉君清宴可君意佩之十年不曾離黄金鞶帶白玉鉤出入魍魎魑魅愁功高見疑反遭怒此物拋擲今兩秋丈夫生世轗軻亦如此終日戚戚何爲爾

只以謠諺流語入詩史而高古不可及

土兵行

豫章城樓饑啄烏黃狐跳踉追赤狐北風北來江怒湧土兵攖人人叫呼城外之民徙城內塵埃不見章江塗花裙蠻奴逐婦女白奪釵鐶換酒沽父老向前語蠻奴慎勿橫行王法誅華林桃源諸賊徒金帛子女山不如汝能破之惟汝欲犒賞有酒牛羊猪大者陛宮佩綬趨蠻奴怒言萬里入爾都爾生我生屠我屠勁弓毒矢莫敢何意氣似欲無彭湖彭湖翩翩飄白旗輕舸蔽水陸走車黃雲捲

地春草死烈火誰分瓦與珠寒崖日月豈盡照大
邦鬼魅難久居天下有道四夷守此輩可使亦可
虞何況土官妻妾俱美酒大肉吹笙竽

以險韵括俚語與土兵行同

豆莝行

昨當大風吹雪過湖船無數冰打破冰驤嵒峞山
嶽立行人駭觀淚交墮景泰年間一丈雪父老見
之無此禍鄱陽十月路斷截廬山百姓啼寒餓旌
竿凍折鼙鼓啞漸軍楚軍袖手坐將軍部兵蔽江
下飛報沿江催豆莝邑官號呼手足皴馬騾雞犬

遺眠臥前時邊達三千軍伍箇病熱死兩箇彎弓
值凍不敢發昔何猛敎今何懦李郭鄰城圍不下
裴度淮西手可唾從來强弱不限域任人豈論小
與大當衢寡婦攜兒哭秋禾枯槁春難播縱使徵
科何自出大兒牽繮陸挽馱

贈何舍人齎詔南紀諸鎮

先皇乘龍去不返悲風慘淡吹宸極四海哭若喪
慈母百官狂走天爲黑憶昨臨危坐御牀手挈神
器歸今皇密語丁寧肺腑裂三老親聞眼流血金

此時九道接得有力

凡字用韵尤妙正不拘今韵而合古韵矣

滕立剖石室祕此事難從外人說我君謙讓不可得劄褒踐阼弘祖烈日月重懸萬國朝雷雨赦過羣方恍越南海北霹靂動蠻夷盡奉王正月此時九道使臣出舍人亦輟螭頭筆白馬朝騰薊北雲錦帆暮閃江沱日江沱秋交多烈風洞庭雲夢俱眼空巴陵縣令舍人兄接詔會弟西樓中童年題詩在高壁六載不到紗爲籠南嶽以南惟峻山苦蒸毒霧何盤盤天王新令雷電掣妖蛇不敢啼林端五溪官長喃喙拜黔州父老垂淚看却簷蒼

嗚呼往事撥得妙

梧雲氣黑斑竹臨江怨幽色翠華縹緲空冥間此時此恨誰知得君不見馬援柱孔明碑剝落黃蒿裏千年莓苔待君洗萬里之行自此始歸來何以獻天子

上元訪杜鍊師

宣皇昔時乘八風御龍游戲行煙空馬前兩兩侍玉女別館多在蓬萊宮朝天宮中舊時殿樓臺晝鎖無人見琉璃井塌青苔滿松柏森森月如練嗚呼往事難具陳燈火如山又一春北斗壇西訪隱

淪我師黃衫白氎巾坐我更致西樓賓玉杯瀲灩
赤瑪瑙纖罽四角銀麒麟酒肉山堆滿堂醉仙廚
往往來八珍孝宗之朝五眞人師也磊落當其倫
自言召見親賜食會把丹書獻紫宸如今寂寞看
春色銀魚玉帶無消息豈惟魚帶無消息欲語吞
聲淚沾臆勸師對此莫酸辛世間萬事如轉輪且
將芝草供生計聊與煙霞作主人月偏彩雲當牖
生旋呼兩童吹玉笙聞師妙得逡巡術百壺倒盡
還須傾古來仙子向誰在飲者翻垂千載名名垂

千載亦區區酒闌燈昏夜復徂不見泰陵草已宿春生樹啼雙老烏此時亦應羣帝趨金燈翠旗元有無

送大司馬劉公歸東山草堂歌

東山有草堂縹緲雲嶠孤前對祝融峰下瞰巴陵湖明公昔時此堂居麋鹿熊豕當窻趨洞庭日落風浪湧倒影射堂堂欲動滲淡誰開紫芝曲獨善不救蒼生哭先帝親裁五色詔老成曾受三朝祿此時邊徼多戰聲曳履謁帝登承明謝安笑却淮

泥敵魏相坐測單于兵九重移楊數召見夾城日高未下殿英謀密語人不知左右微聞至尊羨自從龍去不可攀公亦臥病思東山湘娥含笑倚竹立山鬼窈窕堂之側上書若死只欲歸聖旨優容意悽惻內府盤螭縷金織賜出傾朝皆動色白金之鋌紅票記寶鈔生硬雅翎黑崇文城門水雲白是日觀者塗路塞城中冠蓋盡追送塵埃不見長安陌人生富貴豈有極男兒要在能死國不爾抽身早亦得君不見漢二疏千載想慕傳畫圖郎如

草堂何處無祿食覥顏胡爲乎乃知我公眞丈夫

嗚呼乃知我公眞丈夫

秋夜徐編脩宅宴別醉歌

徐郎三杯拂劍且莫舞聽我擊節歌今古曲長調悲不易竟天地熒熒月東吐燕山八月風力怒落葉交加映尊俎愴時感事百憂集死別生離同一苦身逢累朝全盛日弘治之間我親覩　朝廷無事尚恭默天下書計歸臺府五陵鞍馬速雷電千官氣勢如風雨却憶年年秋月時日與爾輩同襟

期如澠之酒差快意裋跣呼號百不思弦長柱促衣冠禍綜震崩奔學士疲倉皇世事難開口物極則還理宜有羸疾巳分沙田草遭逢復折都門柳富貴在天得有命人生反覆如番手不見去年臨別處春聲𨞰躅鶯求友邂逅寒雎不自知隔絕榮華爲誰守歌殘酒乾天欲曙門外驪駒巳西首哀鳴胡鴈亦南飛露濕羣星朝北斗

朝飲馬送陳子出塞

朝飲馬夕飲馬水鹹草枯馬不食行人痛哭長城

下城邊白骨借問誰云是今年築城者但道辭家別六親寧知九死無還身不惜身爲城下土所恨功成賞別人去年賊掠開城縣黑山血迸單于箭萬里黃塵哭震天城門晝閉無人戰今年下令修築邊丁夫半死長城前城南城比秋草白愁雲日暮鳴胡鞭

結交行贈李沔陽

古人結交如種稷今人當路栽荆棘世間萬事各有極人生何必相傾仄君不見李沔陽五馬昨朝

天天冰地裂衝寒煙三月不遇見天子歸途困頓心憂煎南行波濤值洶湧蛟龍失勢黿鼉踊留滯聊棲梁孝臺醉歌眞據侯嬴塚却憶當年侯未鬚識者盡道驊騮駒落筆遽掩羽獵作挺身遂上青雲衢百戰不侯李廣辱一麾出守延之吁峽霾光射卞和玉月明淚迸鮫人珠李沔陽汝無學雲夢吞亦莫効江南哀六龍輓車日月輪萬里簸蕩風沙開棄君舟楫理銜轡有人物色騰驤材

石將軍戰場歌

清風店南逢父老告我巳巳年間事店北猶存古戰場遺鏃尚帶勤王字憶昔蒙塵實慘怛反覆勢如風雨至紫荆關頭晝吹角殺氣軍聲滿幽朔胡兒飲馬彰義門烽火夜照燕山雲內有于尚書外有石將軍石家官軍若雷電天清野曠來酣戰朝廷既失紫荆關吾民豈保清風店牽爺負子無處逃哭聲震天風怒號兒女牀頭伏鼓角野人屋上看旌旄將軍此時挺戈出殺胡不異草與蒿追北歸來血洗刀白日不動蒼天高萬里煙塵一劒掃

父子英雄古來少天生李晟爲社稷周之方叔今
元老單于痛哭倒馬關羯奴半死飛狐道處處懽
聲噪鼓旗家家牛酒犒王師休誇漢室嫖姚將豈
說唐朝郭子儀沈吟此事六十春此地經過淚滿
巾黃雲落日古骨白沙礫慘淡愁行人行人來折
戰場柳下馬坐望居庸口却憶千官迎駕初千乘
萬騎下皇都乾坤得見中興主日月重開再造圖
梟雄不數雲臺士楊石齊名天下無嗚呼楊石今
已無安得再生此輩西備胡

玄明宮行

今冬有人自京至向我道說玄明宮土木侈麗誰辦此乃今遺臭京城東剗奪面勢創巖業出入日月開崢嶸矯托敢與天子競立觀忍將雙闕同前矻石柱雙蟠龍飛梁逶迤三彩虹寶構合沓殿其後儼如山嶽翔天中金銀爲堂玉布地千門萬戶森相通光景閃爍倏忽異雲煙鬼怪芃杳濛以東金榜祠更侈樹之松檟雙梧桐溟池島嶼鰋鯉躍孔雀翡翠兼羆熊那知勢極有消歇前日虎豹今

沙蟲牕扉自開衛不守人時遊觀搖玲瓏陛隅龍
獸折其角近有盜換香爐銅青苔生泥猊面鎖野
鴿哺子雕花櫳憶昔此閣握乾柄帝推赤心閹
忠威刑霹靂縉紳毒自尊奴僕侯與公變更累朝
意叵測棓魁四海眞困窮長安奪第塞巷陌心復
豔此閣何蒙構結擬絕天下巧捜剔遂盡輸倕工
神廠擇木內苑竭宮阬選石西山空夷墳伐屋白
日黑揮汗如雨斤成風轉身唾罵閹得知退朝督
勞何匆匆人心嗟怨入骨髓鬼也孰復安高崇峨

武后陵黃巢發之事具雪航膚見

碑照耀頌何事或有送男充道童聞言愴惻黷無答私痛聖祖開疆功渠千威福開者誰法典雖嚴柰怙終錦衣玉食巳叨竊琳宮寶宇將安雄何宮不鐫護勑碑來者但看玄明宮

乾陵歌

九重之城雙闕峙前有無字碑突兀雲霄裏相傳翁仲化作精黃昏下山人不行蹂人田禾食牛豕强弩射之妖亦死至今剝落臨道傍大者虎馬小者羊問此誰者陵石立山崔嵬銅鐵錮重泉銀海

亦古亦律

中縈迴巢也信力何由開君不見金棺玉匣出人
世薔薇冷面飛塵埃百年枯骨且不保婦人立身
何草草

漢江歌送范子之桂陽

漢江江上鷓鴣鳴漢江游客無限情青山落日下
帆影芳草月明聞櫂聲黄鶴磯頭暮雲盡鸚鵡洲
邊春水生莫倚仲宣能作賦洞庭南接桂陽城

吴偉松窻讀易圖歌

仄巖泉流石無數素壁濛濛起烟霧君家屋宇在

城市何以堂上生松樹側聞江夏生氣酣掃毫素
絕筆風雷拔地起意匠鑿天天爲怒泰山古根生
眼前俄頃縮出徂徠山懸蘿掛薜裊裊黑復有草
舍松之間牕間老人鬢髮禿手翻一編周易讀空
山瑟瑟翠濤激長千冥冥暮花撲遠知旣已死希
夷不復作青丘石室杳何許恍然置我此溪壑翻
愁一夕雷電入六丁追書上寥廓又畫石下根屈
曲如老龍胡奴瞑踏孤巖松蓬頭赤脚露兩肘月
明汲泉山磵中却憶前年召畫師江夏吳生亦與

如此結方令作

之短褐垢臉見　天子禮貌雖村骨格奇　帝令
待詔仁智殿有時半酣被召見跪翻墨汁信手塗
白日慘淡風雲變　至尊含笑中官羨五侯七貴
爭看面請觀此幅松舍圖黄金失價連城賤吳生
吳生大氣岈一言不合輒投硯

鍾欽禮山水障子歌

鍾生始學戴文進後來頗自出機軸山林槎枒波
漫靡骨格雖傳氣不足此幅樹石差可意綴得茅
堂傍江麓連山遠勢亦可取轉折頗似瀟湘曲竹

嶰陂陀九疑隔蒼梧洞庭濕雲白黄陵美人把瑶
草天寒日暮行空澤鷓鴣雙飛鴻鴈宿槲樹颯颯
江水碧細看谷口花又疑武陵源孤舟欲往不可
得對此彷彿聞清猿亭間更著四老翁衣冠各異
鬚眉同紫芝山深石漠漠悵望萬里來悲風人生
有形貴自適我今胡爲塵埃中觀畫感事面顔紅
有畫如此何必工歌徹目送滄洲鴻

觀序上人所藏陶成畫菊石歌

陶生畫菊石老草有筆力此石與此菊今爲序公

得兩株徙倚石根前古石苔蘚屈連錢復有餘株散在地平坡雜草青烟綿圓株點綴花翩翩含姿弄態不一足背向纖穠皆可目突如大家貴介女珠翠雖搖氣莊肅近時名手許汝和此生筆力方之過江東徐霖學畫石效顰差勝王與何亦知神品多冥契下筆巉巖拓高勢石磊磊兮菊漫漫清霜古路花斑斑遠意頗類東林山東林昔築蓮花臺彭澤攢眉不肯來歸家對菊獨銜杯序公叢林號自足不重蓮花畨重菊終然畫餅不充腹何如

近似太白

種向西山麓秋林含芳采服食煑石煉藥亦爲得愛鷹愛馬古有之不獨序公何太息

題畫撟筆成詩

去年得歸離江州七月遂登黃鶴樓南風捲江浩呼洶瀝轟欲翻鸚鵡洲七澤莽昧不入眼孤舟屈曲襄河轉數月已擲檀家湖夢飛每到羊公峴峴脚山南東道樓秦川公子醉悲秋檻邊斑竹古猶活雲石寂寞蒼梧愁重華馭遥不可叫白沙黑猿疎樹幽看圖彷彿曾遊處素壁青天漢水流

歲暮二首

百騎橫矛血提刀我軍菜色馬蝟毛誰謂漢廣不容舠北旗獵獵風黃蒿可憐十羊抗一虎塵沙塘河暮淮浦

枯蓬飛沙原野昏律窮物慘生意存向夕歲嚴扃我門霜白月凍啼夜鵑圍爐煨芋啖濁酒有話細與妻兒論

洛陽道

桃花馬金絡頭白面郎紫貂裘三月洛陽道垂柳

散篇七首

蔭清溝溝水東流不記春花開花落幾迴新東風日暮楊花起愁殺高樓獨倚人

送友人入關

南山鬱幽幽豐水白浩浩鳥啼漢城樹塵起咸陽道驄馬東方來長鳴翻玉蹄春風吹綠草明月滿關西

送友人之京

與君何處别汴州金梁橋下有古時水遥接廣陵潮君摇錦帆去萬里上雲霄我掇金光草方期白

鶴招

行歌古澤

川原望不極，愁思滿歸襟。雲蔽長安目，水流湘浦心。頹陽滅遠樹，積雪明寒岑。醉起海月照，行歌入霧林。

白霧樹纍纍作花

不作江南客，空登河上臺。夢中到孤山，笛裏落寒梅。今朝走白霧，萬枝參差開。紫宮散花女，騎龍下瑤陔。恍惚弄珠人，玉塵生羅襪。葳蕤復颯沓，光采

半明滅朝陽勿遽睎留之慰超忽

客有笑余霜髮者走筆戲之

客且盡手中觴不須笑我頭上霜客盡觴且停之聽我高歌霜髮詞君不見天上烏東跳西走不相待又不見黃河水萬古滔滔向東海我身不是南山松又不是山上峯奈何與年少爭春風鬬雞走狗傾春紅君不見昔時孔仲尼轍環顛頓無已時盜跖殺人如亂麻錦衣高壽顏回嗟聽我霜髮歌歌短情則多軒車駟馬渾等閒何似日銜金叵羅

金叵羅青玉案何以贈客錦纏段頭白頭白何須
歎

程生遊華山歸也誇我以絶觀動我以靈篇
爰贈此章抒我夙悰

君行值杪秋飄飄登雲巔笑弄石蓮花俯漱玉女
泉秦時采松女有無嬉紫烟雙騎兩茅龍曾逢呼
子先夜棲何峯室遇師叩何詮一虎嘯海月萬壑
驚風旋颯然毛骨換錯落神光圓晨與扳長蘿朗
詠青霞篇黃河衣帶去蓬萊瞪目前赤日跳扶桑

五言律十五首

仙掌發紅鮮伊予歎兹遊挂心三十年夢想落鴈
頂攜詩問青天林麓限層雲奮飛悵無緣安能振
衣去共爾追羣仙

候輓

冬月初圓夕含悲候輦東閣門猶警蹕松柏已新
宮象衞悲風入龍旂白霧中有髯渾欲挽雲墮鼎
湖弓

出塞

胡蔓黃河限秦亡紫塞存積沙浮落日寒霧宿疎

墩哨馬三邊動燒荒千里昏將軍拜金印白骨不曾論

曉行雲夢澤

曉行雲夢澤雲起失湖村歷歷橫江雨冥冥遠岫昏黿鼉當馬吼鷗鷺背人翻欲擬浮湘作吾生異楚寃

九江

九江江九流廬嶽負江州世代催前浪圖書羡上游城孤落日映虎去暮天幽夜笛鄰舟送曲終無

限愁

迴流山亭

登高山盡入回首見鄱陽天地開吳楚絃歌有宋
唐峰雲低棟白湖日倒碑黄六月吾來此凉風不
可當

上方寺鐘樓晚登

危閣秋登霽寒烟晚坐重長風欲動地落日故銜
峯葦颭騰雙鷲雲拖挂一龍此懷吾不淺怪爾暮
鳴鐘

寄殷明府

自枉去年札約爲嵩少行夢常飛洛水詩屢到伊城蘿殿王喬舄花臺子晉笙君行奮雙翮吾此學長生

得何子過湖南消息

及遇荆門信洞庭秋已凄湘江饒苦竹幾聽鷓鴣啼馬援留銅柱王褒祀碧雞向南衡瘴癘藥物去曾攜

送陳左使赴貴州

萬里洞庭西秋風入五溪瘴天開斧鉞山驛斷虹
蜺水出牂牁繞城臨井宿低堂開花樹紫簫鼓閲
雕題

送呂先生四川衡聘

大省文衡重名師禮聘遙閣雲寒暑旆棧月引星
軺古帝蠶叢國今人駟馬橋好將楊馬輩收取貢
清朝

清明河上寓樓獨酌

一自違京邑飄飄歎此遊桃花是往歲竹葉轉新

愁暮雨津城樹春帆水國樓汴河堤上柳烟色似
皇州
九日薛樓會集
不倦登樓目遥憐秋色重楓村疊㳻浦霜日抱孤
峯楚越窻中地江山戰後容倚闌渾不語吾欲𡨚
芙蓉
七夕宜城野泊逢立秋
漢江天上水牛女世間宵自動鼋鼉影誰傳烏鵲
橋孤城古塞月一葉楚門潮君看西流火分明奪

斗杓

丙戌十六夜月

是夕微雲中天遂朗因憶往時京華賦詩有清斛桂闕一分影寒落江門幾尺潮之句人多傳誦彼吾少作今遽老醜并前詩忘之矣亦以集未收載

月豈無晴夜天終有散雲微微透今夕朗朗至宵分鏡展池波暈珠明草露文呼見暖餘酒酌罷一鴻聞

小鵲

簷際翻翻鳥將雛喈喈行攪眠眞愼惱傳喜不分
明化印何年就塡河幾日平徒然盛生息羣噪每
能晴

簡何舍人二十韻

黃扉通內閣左順切文華密勿君臣契尊崇禮數
加詞頭存故事國體與宜麻奏絕銅函密封非墨
勑斜四門欽舜闢隻日鄙唐邪乾斷人心協風淳
主德遐萬方咸就日六合逈爲家司馬元牛走臥

五言排律二首

龍曾兕罝吹噓振羽翮變化奮泥沙邦計思劉晏
兵謀愧左車分番春扈閶捧牘曉歸銜影拂垂城
草香攜出苑花讎經違白虎拔筆困青蛇每憶仙
池鳳私慙省樹鴉拘羈那有適追琢異無瑕不忍
醒爲醉胡由玉倚葭聖朝巢父耳荒里邵平瓜稔
抱丘園欲私祈紀運嘉鳴文極燕許熙載老姬牙
帝澤川歸海浮雲莫蔽遮

鄱陽湖十六韻

太祖平陳日樓船下此湖波濤留壯色天地見雄

圖水上開黃屋雲中下赤烏士猶詢後載戈已倒
前徒力屈鯨鯢仆聲回鳫鶩呼橫江收玉笥跨海
定金符文軌遙通楚梯航訖至吳虎賁雖莫敵龍
戰豈全辜血染猶丹草骨沈空白燕汀洲夜寂寂
霜月鬼嗚嗚殺氣黿鼉徙腥風島嶼孤晉人拾古
鏃艇客慨秋菰偉彼高光烈還將蕭鄧須英雄協
睿算勇奮想長驅劒瘞神仍王舟焚勢與徂康山
巍廟在忠武激頑夫

見雲雷垂垂不雨悵然有作

七言律十四首

大梁城東雲出雷捩風掩雨故徘徊黃鸝坐樹深無語紫燕銜泥阻未廻郎恐孝娥爲旱冢不聞神女傍陽臺火雲西日垂垂暮屋隙愁看返照來

雨中海棠

憐花常欲報花安醉眼冥冥雨自看朵朵臙脂深更濕杯杯竹葉滿須乾等閑細片休輕落率爾春風且恁寒朝爲行雲暮仍雨淩波獨立汝應難

南溪秋泛

乍見鸕鷀立釣磯還驚翡翠掠波飛汀葭晚宿濛

濛霧野竹晴含宛宛暉謝傅未忘舟楫興楚臣空
戀芰荷衣蒼茫水落雲泥靜悵望林翁却自歸

遊上方寺晚登鐘樓

東北叢林冠此都地分清寂聚僧徒青天寶塔還
今古赤日珠光乍有無草徑露乾時獨立松林鶴
立晚相呼登樓更見河流急歎世因悲馬負圖

爲崔後渠詠菉竹亭

崔家孤亭萬竹裏繞窻栗栗青琅玕結實當春鳳
不餒託根有地龍且蟠霜風飄蕭起空谷美人翠

袖生暮寒彼淇盈盈一水隔望而不見徒自歎

北行家兄與內弟玉實間行遉緩急卽如雷霆之下寃魄並褫矧又加饑渴

吾兄淚眼若懸河內弟厄羸苦更多昏黑同行草莽裏明星獨傍邑城過荒山葛藟縈初蔓空屋荆花滿故柯臨路斷腸俱哽咽望歸攜手向烟蘿

發南浦贈人

大寒冰雨何紛紛虒行日臨江吐雲得風舲舸故相逐異港梟鷗還自羣浦南蓼洲春欲動岸西雪

山晴未分與君接席向杳靄吟坐傳杯侵暮曛

和見素林公詠懷

青天萬仞削芙蓉憶踏匡廬第一峯哀壑暮雲埋
虎豹大江春浪變魚龍天池御筆親留碣石室山
僧獨扣鐘搔首昔曾霄漢上舊泥應被紫苔封
投簪萬里旋舟日暫憩覃園傍峴西潭起漢娥留
佩賦井傳王粲倚樓題林猿浦鴈心常往楚雨襄
雲路不迷縮項一槎眞欲釣幾時重訪鹿門棲

夏都給勘鄞潞之戰惠見憶之作寄答

岧嶢上黨接壺關杖鉞冬行歷萬山巖凍雪埋擒
虎窟壑腥雲𡟲斫龍灣嶃巉路透漁樵入蒼蔚林
清鳥雀還爲問登高能賦者霜毫幾掃白雲間

九日繁臺

禹廟登高人盡廻儒宮下馬盡殘杯奔陳孔甲元
孤憤去趙虞卿且未哀高葉下風還抱石片雲飛
兩故臨臺酒闌却憶十年事半醉呼鷹向此來

再約陂泛屬風雨阻

自游此陂秋每晴再再約寧知風夜驚紛披已詑黄

葦亂吞吐能禁白浪生朝來霧雨細細動時有鴻
鴈嘈嘈鳴但問舟航今好在無愁天地無開明

辛巳九日田子要東陂之遊雨弗克赴

銜泥杜甫吟愁雨落帽參軍醉倚風雲水無緣雙
放舸蒹葭何意獨鳴鴻青沙錦纜相期地白首黃
花轉望中借問臨高把杯酒幾層湖閣坐秋空

無事

無事日長春但眠水昏野塘風常顛繁葩亂蕋眼
欲盡乳燕啼鶯心自憐匣中幸猶有雙劍杖頭奈

此為空同七言律第一首古墩字亦非蜀川李太白詩沙墩至梁苑二十五亭即此相近七言絕十二首

可無百錢人生幾何忽巳老激昂淚下如流泉

朱遷鎮

水廟飛沙白日陰古墩殘樹濁河深金牌痛哭班師地鐵馬驅馳報主心入夜松杉雙鷺宿有時風雨一龍吟經行墨客還詞賦南北淒涼自古今

送周判官

明鐙綠酒五花裘客舍新秋螢火流問君不飲眞何事明日出城風葉愁

送王翰

王郎口談金虎文自稱師是紫陽君挂帆明日忽
南去影落龍江五色雲

望上青山

碧山新起赤霞宮玉帶眞人曉御風金檢奏回天
一笑九霄來往鶴如虹

舟次石頭口

窻開面面水風微五月江空冷照衣此艇果如天
上坐茶烟化作綵雲飛

夷門十月歌

七言絶之佳境也

小麥青青水半陂半落不落楊柳枝回風忽送天南鴈恰似春江二月時

潯陽歌

百尺高樓橫映江江花朶朶照成雙風波隔浦遙相喚腸斷南來北去艭

京師春日漫興

十日不出花盡開城南城北錦成堆即教閉戶從花盡莫遣看花不醉廻

杏花盈盈太逞姿桃花灼灼亦不遲縱饒種露栽

雲地可奈風狂雨驟時

東門百花紅照天獨樹梨花更可憐但看絃管朝
朝急不道春風不費錢

夷門曲

南堤二月杏花紅北堤高樓紅映空珊瑚寶玦誰
家子繫馬門前青樹中

新水至二首

桃花照水楊柳長河水新添一尺強昨夜舳艫銜
尾至不是魚航是酒航

六言一首

時和驛邊河水流康王城近舍西頭青蘋滿眼汀洲䕶芳草連天無那愁

春日豫章雜詩

每愛高樓畏獨來非關觔力怕徘徊江頭無限桃花樹恰到來時滿眼開

明山草亭

舊業門前五柳綠橘黄柑數畝煙霞不負閒身社稷空餘白首看月天柱峯頭採藥洞庭湖口扁舟薄暮歸來疑是滄波釣叟

五言絶十五首

晚出禁闥二首

楊柳南城道芙蓉小苑通內使來調馬君王勑射熊

夾城雲氣夕露掌隱金盤楊花白雪亂風起滿長安

東華門偶述

銀甕爛生光盤龍繡袱香但知從內出不省賜何王

黃州

無愧太白

浩浩長江水，黃州那個邊。岸廻山一轉，船到柴樓前。

雙泉寺題壁

寺僻無人行，夜雨長秋草。山僧出迎客，落葉不曾掃。

開仙寺二首

瀑峽生煙暝，山杯坐不歸。籠燈過潭水，疑是玉龍飛。

瀑布半天上，飛響落人間。莫言此潭小，搖動匡盧

如此絕句妙絕古今世之愛空同詩者只數其七言律俗矣卑矣

山

江行雜詩二首

迎送山相似舟移迷北南回看阜口月已照石華潭

日出青蘋濕江渾路不分昨宵驅雨至知是海南雲

寄徐子

東省堂前樹南陽宅裏花春風如往日夜月向誰家

絶似王摩詰

贈何舍人

朝逢康王城暮送大堤口相對無一言舍僂各分手

寄都主事穆

江草喚愁生思君黄鳥鳴遥心將夜月同滿闔閭城

送人

頗訝楓林赤無風葉自鳴來人與歸客同聽不同情

是樂府澀郎擁字從越人今夕歌中來

送人赴舉

寶劍動連星金鞍别馬鳴持將五色筆奪取錦標名

觀袁永之樂府戲裁子夜歌寄

爲問閶門柳年來青若何館娃明月夜醉擁越兒歌